Wie eine Nuss mein Leben auf den Kopf stellte

Alexa Hennig von Lange wurde 1973 geboren und begann bereits mit acht Jahren zu schreiben. 1997 erschien ihr Debütroman *Relax*, mit dem sie über Nacht zu einer der erfolgreichsten Autorinnen und zur Stimme ihrer Generation wurde. 2002 bekam sie den Deutschen Jugendliteraturpreis. Es folgten zahlreiche Romane für Erwachsene wie für Jugendliche und Kinder, außerdem Erzählungen und Theaterstücke. Alexa Hennig von Lange lebt mit ihrem Mann und ihren Kindern in der Nähe von Berlin.

Mehr über unsere Bücher, Autoren und Illustratoren auf:
www.thienemann.de

Alexa Hennig von Lange

# WIE EINE NUSS MEIN LEBEN AUF DEN KOPF STELLTE

Thienemann

Für Johanna,
die auch gerne Schriftstellerin werden möchte.

# INHALT

# DAS NEUE HAUS

Meine Mutter wurde als kleines Mädchen fast entführt. Darum hat sie jetzt Angst, dass mich auch jemand entführen könnte. Was ich persönlich für kompletten Quatsch halte. Warum sollte mich jemand entführen?

Im Gegensatz zu mir war meine Mutter als kleines Mädchen nämlich niedlich. Wie eine Puppe mit feuerroten Haaren, riesigen blauen Augen und ein paar Sommersprossen auf der Stupsnase. Ein süßes, kleines Mädchen, das sogar ich entführt hätte, wenn es irgendwo alleine im Einkaufszentrum rumstehen würde. Meine Mutter sah aus wie ein Wesen vom anderen Stern, wie ein knuffiges Maskottchen, ein Glücksbringer, ein seliger Engel, eine kleine Fee.

Ich hingegen sehe aus wie ein Junge, dessen Eltern ein Hase und ein Schaf sind. Ich habe kurze watteähnliche Haare und große Vorderzähne. Ehrlich! So will kein Mädchen aussehen. Manchmal frage ich mich, ob ich überhaupt Mamas Tochter bin, oder ob sie *mich* vielleicht entführt hat. Kleiner Scherz. Ich sehe ihr überhaupt nicht ähnlich. Sie hat definitiv keine großen Vorderzähne. Und Papa hat auch keine watteähnlichen Haare. Er hat überhaupt keine Haare, weil die ihm schon alle ausgefallen sind. Bei Papa müssen wir uns also auch keine Sorgen machen, dass er entführt werden könnte. Kleiner Scherz.

Im Übrigen haben wir momentan kein Fitzelchen Geld, weswegen es sich sowieso nicht lohnen würde, einen von uns zu kidnappen, um den Rest von uns zu erpressen. »Wir sind richtig abgebrannt«, sagt Papa mindestens einmal am Tag. Weil wir gerade umgezogen sind. Aus unserer Stadtwohnung, in dieses frisch renovierte Reihenhaus am Stadtrand. Mama und Papa wollten dringend einen Garten mit Goldfischteich und Trampolin für mich. Jetzt habe ich zwar ein Trampolin, aber niemanden, mit dem ich darauf herumhüpfen kann. Obwohl meinen Eltern dieses Wohnviertel vom Immobilienmakler als beliebte Familiengegend angepriesen wurde, vegetieren hier nur über Hundertjährige vor sich hin. Ich wusste gar nicht, dass es so viele alte Menschen in Deutschland gibt. Es ist echt erschreckend. Mit denen will ich lieber nicht auf dem Trampolin herumtollen. Das würden die nicht überleben. Und das ist kein Scherz!

Immer wenn ich – wie jetzt auch – aus meinem neuen Zimmerfenster hinüber zu diesem verlassenen Herrenhaus auf dem grasbewachsenen Hügel hinter den Reihenhäusern gucke, schlurfen irgendwelche uralten Menschen vor unserem Haus entlang. Als wären meine Familie und ich auf dem Alte-Leute-Planeten gelandet.

In der Stadt wohnte meine beste Freundin Alice genau in der Wohnung gegenüber. Ich konnte jederzeit zu ihr rübergehen, ohne dass Mama Panik haben musste, dass ich auf dem Weg über den Hausflur entführt werde. Jetzt ist ein anderes Mädchen in unsere ehemalige Wohnung gezogen: Estelle! Der Name sagt schon alles! Estelle hält sich für unwiderstehlich. Natürlich hat sie sich Alice gleich unter den Nagel gerissen. Die beiden sind inzwischen richtig dicke Freundinnen. Wie das dann praktisch aussieht, darf ich mir jeden Tag in der Schule angucken. In den Pausen laufen sie Hand in Hand über den Hof, teilen sich ihr Schulbrot, schlürfen Apfelsaft aus dem gleichen Trinkpäckchen und flechten sich gegenseitig komplizierte Zöpfe. Alices kaltherzige Erklärung, warum wir jetzt nicht mehr miteinander befreundet sein können, lautet folgendermaßen: »Tja, Lisa! Du hast eben keine langen Haare!«

»Ich kann sie mir ja wachsen lassen«, habe ich ihr angeboten.

Und sie: »Das kannst du vergessen. Wir wissen beide, dass deine Haare dann wie getrocknete Zuckerwatte aussehen. Unmöglich, daraus Zöpfe zu machen.«

Ich frage mich, wie man sich innerhalb kürzester Zeit von einem witzigen Mädchen zu einer blöden Kuh verwandeln kann. Das liegt alles an Estelle, die jetzt in *meinem* alten Zimmer wohnt und Alice mit ihren Flechtfrisuren um den Verstand bringt. Als gäbe es nichts Wichtigeres auf der Welt als Flechtfrisuren – und Nagellack. Und Lippenstifte. Mit diesem Schmink-Zeugs schlagen sie sich ihre Nachmittage um die Ohren. Alles an Alice und Estelle ist richtig farbenfroh.

Neulich haben sie sich sogar gemeinsam Löcher in ihre

Ohren stechen lassen. Bei Alice haben sich die Löcher aber erfreulicherweise entzündet, weswegen ihre Ohrläppchen wie mit Erdbeermarmelade beschmiert aussahen. Das Problem habe ich schon mal nicht.

Weil ich auch an diesem Sonntag nichts zu tun habe, stehe ich – wie gesagt – mal wieder an meinem Zimmerfenster und gucke rüber zu dieser alten Villa auf dem Grashügel. Mit ihren Säulen und der mit Efeu überwucherten Fassade sieht sie wirklich ziemlich herrschaftlich aus. Wie ein kleines Schloss.

»Lisa! Essen ist fertig!«, höre ich meine Mutter rufen. Aber ich kann mich nicht rühren. Mein Lieblingsspiel ist es, meiner Mama nicht zu antworten. Sie wird dann sofort nervös und denkt, dass ich entführt wurde, obwohl sie genau weiß, dass ich mich in meinem Zimmer langweile. Das ist einerseits ziemlich absurd, auf der anderen Seite ist es der einzige Spaß, der mir geblieben ist.

Ich zähle bis zehn. Meine Zimmertür fliegt auf und meine Mutter steht da. Mit leicht empörtem Blick und den von mir gehäkelten Topflappen in Händen.

»Warum antwortest du nicht, wenn ich dich rufe?«, fragt sie atemlos.

»Ich hab dich nicht gehört.« Ich lächle entschuldigend.

»Ich hab mich schon gewundert, wo du bist!«

So läuft das hier jeden Tag mehrfach ab. Ich finde es wirklich witzig, dass Mama so leicht in Angst und Schrecken zu versetzen ist. Aber Papa meint: »Lisa-Schatz, deine Mutter wurde als kleines Mädchen schwer traumatisiert! Fremde

Leute haben versucht, sie in ein Auto zu zerren, vermutlich, um sie für viel Geld an ein kinderloses Ehepaar zu verkaufen!« Er meint: »Du solltest ein bisschen Verständnis für Mamas Sorge haben. Schließlich wurden die Entführer nie von der Polizei geschnappt!«

Ich gebe mir ja alle Mühe, Verständnis zu haben! Aber das ist einigermaßen schwer für mich, weil das Trauma meiner Mutter echt heftige Auswirkungen auf MEIN Leben hat.

Ich darf nirgendwo alleine hin. Meine Mutter denkt, die Welt ist voller kinderloser Ehepaare, die sich Kinder klauen lassen! Sie folgt mir wie so ein bekloppter Bodyguard auf Schritt und Tritt, sogar in den Oma-Supermarkt am Ende der Straße! Schon mal ein 11-jähriges Mädchen getroffen, das nicht alleine eine Tüte Milch einkaufen gehen darf?

Meine Mutter sieht mich mit hochgezogenen Augenbrauen an. »Komm bitte, das Essen wird kalt.«

Ich schlurfe hinter ihr her, aus meinem Zimmer, die Treppe runter und setze mich an den gedeckten Sonntagstisch, auf dem drei Teller stehen. Einer für mich, einer für Mama und einer für Papa. Der wäscht sich gerade in der Küche die Hände. Er ist jetzt unter die Gärtner gegangen und gräbt im Garten besagten Goldfischteich aus. Damit ich auch ein paar Haustiere habe. Sehr witzig. Mit Goldfischen kann man ja auch echt richtig gut kuscheln! Aber leider sind das die einzigen Tiere, gegen die ich nicht allergisch bin. Zumindest behauptet Mama, dass ich von Tierhaaren Ausschlag kriege. Genau wie ich von Nüssen angeblich Atemnot kriege. Wieso also sollte man mich entführen? Man hätte nur Ärger mit mir!

Ich quetsche mich auf meinen Stuhl und gucke auf die Schüssel mit den Kartoffeln. Die Soße. Die Möhren mit Erbsen und die knusprigen Schnitzel. Mamas Spezialität.

»Und? Wollen wir heute in den Kletterwald fahren?« Papa wuschelt mir durch die kurzen Locken, als er sich neben mich setzt.

Ich ziehe meinen Kopf weg. »Hey!«

Nur, weil ich im Gegensatz zu ihm noch Haare auf dem Kopf habe, heißt das nicht, dass er die wie das Fell von einem Hund kraulen darf. Überhaupt behandelt er mich wie einen Jungen. Kletterwald! Tz! Aber Mama guckt ganz glücklich. Vermutlich, weil ich da mit tausend Gurten total gesichert von Baum zu Baum schwinge. Jemanden, der so festgegurtet ist, kannst du nicht mal eben so entführen. Das würde zu einem richtigen Gurte-Kuddelmuddel führen.

Um mal vom Thema abzulenken frage ich: »Wer wohnt eigentlich in dem Herrenhaus, das da hinter der Siedlung auf dem Hügel steht?«

Mama und Papa gucken sich erschrocken an. So, als wollten sie checken, wer von beiden mich anlügen will.

Ich frage: »Was?«

Papa sagt: »Das steht momentan wohl noch leer.«

Und Mama meint mit dieser rauen Stimme: »Wir wissen es nicht, mein Schatz.«

Ich gucke meine Eltern scharf an. »Natürlich wisst ihr es.«

»Irgendwelche reichen Leute haben es gekauft.« Mama lächelt.

»Und wann ziehen die da ein?«

Ich kann es kaum abwarten, endlich was zum Gucken zu kriegen. Auf Dauer wird es nämlich öde, ständig dieses leere Haus anzuglotzen. Ich fänd's toll, wenn mal ein paar Leute zur Tür rein- und rausgehen würden. Vielleicht ziehen ja auch Kinder ein, dann könnte ich mich mit denen anfreunden. Zumindest oberflächlich, so an der Türschwelle, damit Mama mich von meinem Zimmerfenster aus immer im Auge behalten kann.

Meine Eltern zucken wieder mit den Schultern. Schließlich tupft Papa sich den Mund mit der Serviette ab und legt seine Hand auf meine. Die Geste kenne ich auch schon. Von neulich, als mir meine Eltern *aus Sicherheitsgründen* verboten haben, mit meiner Klasse ins Landschulheim zu fahren. Ich stand kurz davor abzuhauen – ehrlich! Ganz kurz davor!

»Dort werden schon bald eine Menge Kinder einziehen«, sagt Papa mit so einem gewissen Unterton in der Stimme.

»Und was ist daran so schlimm?«

»Sie …« Papa lächelt jetzt richtig breit, als hätte ich irgendwas gewonnen. Aber seine Pupillen bewegen sich ganz schnell und nervös von einer Seite auf die andere, als sei er nicht sicher, ob er mir die Wahrheit sagen darf. »Sie haben keine Eltern mehr.«

»Hä?« Ich gucke zwischen meinen Eltern hin und her. Ich hasse es, die Einzige zu sein, die nichts schnallt. Hätte ich Geschwister, könnten wir uns jetzt gemeinsam voll aufregen, dass Mama und Papa so ein Geheimnis machen. Also sage ich: »Ich denke, die Eltern sind reich!«

Mama lächelt jetzt auch, dabei sieht sie aus, als würde sie

gleich losweinen. »Nicht die Eltern sind reich, sondern die Leute, die das Haus für die Kinder gekauft haben.«

Jetzt verstehe ich gar nichts mehr. Klingt total bekloppt. »Leben die Kinder da alleine in dem Haus oder was?«

»Nicht direkt. Mit ihren Erziehern und so.«

Heilige Matschbanane! Was soll das? Kriege ich am Ende, wenn ich das Rätsel gelöst habe, wenigstens irgendeinen Preis? Ich frage: »Kommt da ein Internat rein?«

»Nein.« Mein Vater lächelt noch immer angespannt fröhlich. »Ein Waisenhaus.«

Mama nickt. »Ja, ein Waisenhaus. Für Kinder ohne Eltern.«

»Die haben's aber gut«, sage ich und Mama starrt mich an, als hätte ich ihr gerade mit meiner Gabel in den Handrücken gestochen.

»Wie meinst du das? Dass sie es gut haben, weil sie keine Eltern mehr haben?«

»Nein, weil sie in so einem tollen Haus leben dürfen.« Papa lächelt weiter übertrieben fröhlich, als würden wir gerade über ein witziges Thema sprechen.

Ich stehe auf und gehe aus dem Zimmer. Ich habe keine Lust mehr, in dieser Stimmung groß zu werden. Ständig geht es nur um »Kinder in Gefahr«. Das kann nicht gesund sein. Da hilft auch kein fröhlicher Ausflug in den Kletterwald.

Ich höre Mama hinter mir rufen: »Lisa! Wohin gehst du?«

»Frische Luft schnappen.«

»Hast du deine Armbanduhr mit eingebautem GPS um?«

»Ja, habe ich!« Was nicht stimmt. Dieses super auffällige,

quietschbunte Gummiteil, mit dem ich jederzeit über Satellit geortet werden kann, liegt in meinem Ranzen und wäre so ungefähr der einzige Grund, mich zu entführen. Auf ebay gibt's dafür bestimmt noch 100 Euro!

Ich ziehe die Haustür auf, klatsche sie hinter mir zu, springe auf mein Rad, an das Mama ebenfalls gerne Peilsender angebracht hätte, und rase die stille Wohnstraße runter, bevor meine Eltern hinter mir herrennen und mich wie ein Entführungsopfer einfangen und wieder nach Hause zurückschleppen.

Als ich jetzt auf das Herrenhaus zustrample, muss ich sagen: Ich stehe auf Waisenhäuser. Denn darin wohnen total viele Kinder, deren Eltern keine Angst mehr um sie haben können. So ein Leben stelle ich mir ziemlich entspannt vor. Ich weiß, so was dürfte ich nicht denken. Weil man als Kind wirklich froh sein sollte, Eltern zu haben. Aber jeder, der in meiner speziellen Lage wäre, würde insgeheim genauso denken.

Die Sonne knallt auf mich herunter, rechts und links am Straßenrand stehen die immer gleichen Einfamilienhäuser mit den Spitzdächern, dem Jägerzaun und den gepflegten Gärten. Es riecht nach frisch gemähtem Rasen und Stillstand. Vor einigen Garagen waschen grauhaarige Opis ihre Autos und ein paar Omis schnippeln an ihren Rosenbüschen herum. Ich grüße freundlich und konzentriere mich dann voll auf das weiße Herrenhaus, auf das ich unaufhaltsam zusteuere. Unerschütterlich thront es vor mir auf dem grasgrünen Hügel, in seinem eigenen Reich. Rund herum stehen hohe Bäume, in denen die Vögel zwitschern.

# IM NEUEN GARTEN

Ich fahre den schmalen Sandweg um das Gebäude mit den Säulen herum und lande in einem unglaublichen Garten. Nicht in so einem winzigen, eingezäunten, wie wir jetzt haben, in dem Papa gerade den Goldfischteich ausbuddelt.

Hier wächst alles, wie es will. Und zwar mindestens so üppig wie im Dschungel.

So eine Pracht sieht man eben nur, wenn man mal allein unterwegs ist. Blumen, Schlingpflanzen, lianenartige Gebilde, mit duftenden Blüten verzierte Hecken. Bienen summen, bunte Schmetterlinge flattern und noch weiter hinten plätschert ein See, auf dem ein paar Enten zwischen Seerosen herumpaddeln. Um mich herum zwitschert und weht und blüht es, als sei ich in einer fremden Galaxie gelandet. Ich lasse mein Rad hinter einen Busch fallen und setze mich auf eine der Bänke am See. Eine silbrig blaue Libelle sirrt um meinen Kopf herum, während ich den Enten beim Schwimmen zusehe. Als ich mir einen langen Grashalm um den Finger wickle, tippt mir plötzlich jemand von hinten auf die Schulter. Ich drehe mich um und sehe in das runzelige Gesicht eines alten Mannes mit zerfleddertem Strohhut und blauer Schürze. Er lächelt so breit, als hätte er schon hundert Jahre auf mich gewartet. Dann setzt er sich neben mich und stellt seine Gießkanne ab. Ich schätze, er ist hier der Gärtner.

»Bist du eins von den Kindern?«, fragt er mich mit dieser freundlichen Opa-Stimme.

»Ja«, sage ich, ohne weiter drüber nachzudenken, was er genau meint. Immerhin bin ich ein Kind. Und irgendwie auch eins von allen Kindern.

Er nickt. »Du bist ein bisschen früh. Drüben im Haus ist noch niemand. Abgesehen von den Schwestern auf der Krankenstation und dem Hausmeister. Der Bus mit all deinen neuen Freunden und den Erziehern kommt erst … Sekunde …« Er hebt seinen Arm, der in einem rot-weiß-karierten Hemd steckt, und sieht auf seine uralte Armbanduhr, die bestimmt kein GPS hat. »Der Bus kommt erst in etwa einer Stunde an. Willst du mir solange noch beim Gießen helfen?«

»Klar«, sage ich. Auch wieder ohne nachzudenken. Was spricht dagegen? Außer, dass Mama und Papa nicht wissen, wo ich bin. Ich kann ja nach dem Gießen direkt nach Hause fahren und ihnen von meinem Ausflug erzählen. Vielleicht glauben sie mir dann, dass ich ruhig ab und zu alleine etwas unternehmen kann, ohne dass gleich was schiefläuft.

Der Gärtner steht auf, nimmt seine Gießkanne in die Hand und meint: »Na, dann komm.«

Wir schlendern nebeneinander um den See herum, und ich erzähle ihm, dass ich aus einem weit entlegenen Waisenhaus komme und ganz allein mit dem Zug gefahren bin, in dem ich leider meinen Koffer vergessen habe. Es fühlt sich berauschend an, für einen Moment ein Kind zu sein, das alleine Zug fährt und kein Handy mit eingespeicherter Sicherheitszone hat. Auch wenn ich natürlich weiß, dass Leute anlügen total daneben ist. Aber wenn man es genau nimmt, lüge ich den Gärtner gar nicht an, sondern ich erzähle ihm nur eine abenteuerliche Geschichte mit mir in der Hauptrolle.

Ich seufze: »Als ich noch ein Baby war, sind meine Eltern von Unbekannten entführt worden.«

Der alte Mann sieht mich erschrocken an: »Einfach so?«

Ich nicke betrübt: »Als wir aus dem Supermarkt kamen, fuhr einfach ein großes schwarzes Auto auf den Gehweg, die Türen gingen auf, Männer in schwarzen Anzügen und Sonnenbrillen sprangen heraus, griffen sich meine Eltern und nahmen sie mit sich. Und ich blieb im Kinderwagen einfach so zurück.«

»Und niemand weiß, wo sie jetzt sind?«

Ich schüttle traurig den Kopf. »Leider nicht. Die Polizei hat überall nach ihnen gesucht. Es wird vermutet, dass …«

»Ja?«

Ich gucke ihn traurig an: »Darüber darf ich leider nicht reden.«

»Das ist ja furchtbar!«

Ich nicke. Plötzlich fühlt es sich so an, als sei meine Geschichte wirklich wahr. Als seien meine Eltern tatsächlich entführt worden – für elternlose Kinder. Hahaha! Der alte Mann legt mir mitleidig seine Hand auf die Schulter und weil ich vor lauter Kummer nichts mehr sage, zeigt er auf einen Holzschuppen, der hinter dem See zwischen zwei hohen Bäumen steht, und erklärt: »Da habe ich meine ganzen Gartengeräte drin.«

Als wir den Schuppen erreicht haben, zieht er die knarrende Tür auf und wir treten in diesen Raum ein. Durch die vier kleinen Fenster dringt die Sonne zu uns herein und lässt alles in märchenhaft staubigem Licht erscheinen. Auf einem Regalbord reihen sich Blech-Gießkannen, darüber stehen unterschiedlich große Blumentöpfe, an den Wänden hängen Schaufeln, lehnen Spaten, Rechen und noch andere Geräte, deren Namen ich nicht kenne. Auf dem Boden rollt sich ein langer roter Gartenschlauch.

Der alte Mann stemmt die Hände in die Hüften: »Ich heiße übrigens Lukas. Und wer bist du?«

»Lisa«, sage ich und es kommt mir plötzlich komisch vor, dass ich in diesem Schuppen stehe, der gar nicht weit von meinem Zuhause entfernt ist und doch zu einer anderen Welt gehört.

»Alles klar, Lisa.« Der Gärtner bückt sich ächzend, hebt das Ende des Gartenschlauchs hoch und drückt es mir in die Hand. »Geh damit los, immer weiter, bis zu den riesigen Rhododendren. Das sind die baumhohen Büsche mit den roten Blüten. Wenn du angekommen bist, rufst du ›Wasser marsch!‹ und ich drehe den Hahn auf. Alles klar?«

Ich nicke. »Alles klar.« Ich marschiere los, das Ende des Gartenschlauchs in der Hand, direkt auf die riesigen Gewächse mit den roten Blüten zu. Als ich sie fast erreicht habe, brülle ich: »Wasser marsch!« Das Wasser kommt mit solchem Druck bei mir an, dass ich fast nach hinten umkippe. Ich richte den Schlauch voll auf die Pflanzen.

»Achte darauf, dass sie alle genug zu trinken bekommen.« Lukas steht wieder neben mir. »Es wird heute ziemlich heiß werden.«

Weil ich nichts sage, sondern nur den Wasserschlauch auf die Pflanzen richte, fragt er schließlich. »Ziehst du dich bei solchen Temperaturen immer so warm an?«

»Ja, leider. Meine Ma…«, setze ich an, unterbreche mich dann aber selbst und tue so, als hätte ich mich verschluckt. Nicht gerade unauffällig. Aber ich kann ja schlecht von meiner Mama erzählen, wenn ich gerade noch so getan habe, als wäre sie mit meinem Papa von unbekannten Männern entführt worden. Also huste ich noch ein bisschen herum, Lukas klopft mir auf den Rücken, bis ich dankend die Hand hebe und flüstere: »Meine Mandeln sind gerade etwas entzündet.«

»Ach du liebes bisschen! Im Sommer?!« Lukas sieht mich bedauernd an. »Dann gehen wir am besten gleich zu meiner Frau und sie macht dir einen Salbeitee mit Honig. Der wirkt Wunder.«

Ich lächle dankbar, dabei komme ich langsam in Zeitdruck. Ich muss nach Hause. Mama und Papa haben vielleicht schon die Polizei alarmiert und mich als vermisst gemeldet, weil ich mit meinem knallgelben Tracking-Handy die eingespeicherte Sicherheitszone verlassen habe. Bei der nächstbesten Gelegenheit sollte ich Mama und Papa unauffällig eine Nachricht von meinem Telefon schicken, das schon zum dritten Mal in meiner Hosentasche surrt.

Lukas dreht das Wasser wieder zu, ich lasse mein Rad versteckt im Gebüsch liegen, weil ich ja schließlich von weit her mit dem Zug gekommen bin. Ich laufe neben dem Gärtner den sandigen Weg zum Herrenhaus hinauf. Im Schatten hoher Weiden steht ein einzelnes kleines Haus, das mir bisher nicht aufgefallen ist. Die Butzenfenster sind mit Blumen umrankt, der Rest mit Efeu. Es sieht aus, als wollte es sich regelrecht in den Pflanzen verstecken.

Lukas drückt die Tür auf und am Herd steht eine alte Frau mit silbrigen Locken und freundlichem Gesicht, die in einem riesigen Topf herumrührt. Es duftet köstlich nach Erdbeermarmelade.

»Ich hab eins der Kinder mitgebracht.« Lukas hängt seine Schürze an den Haken an der Tür und zieht sich seine Gummistiefel aus. Ich ziehe meine Turnschuhe aus und lächle schüchtern. Ich nehme an, dass Waisenkinder das so machen.

Lukas' winzige Frau kommt in ihrem rot-weiß-karierten Kleid auf mich zugewackelt und strahlt mich an. »Das ist aber schön, dass du uns besuchen kommst. Ich heiße Miranda.«

»Und ich Lisa«, flüstere ich. »Meine Mandeln sind leicht entzündet. Dürfte ich mal kurz Ihre Toilette benutzen?«

»Aber sicher, mein Kind.« Miranda führt mich durch einen schmalen Flur, der mit gerahmten Familienfotos tapeziert ist, über bunt gewebte Teppiche und zeigt mir das Bad. »Hier, mein Kind.«

»Danke!« Ich quetsche mich in den engen Raum mit der altrosa Badewanne und dem altrosa Klo und hole mein gelbes Kinder-Tracking-Handy raus. Vier Anrufe von Mama und Papa und drei SMS. »Wo bist du?«

Ich schreibe zurück: »Macht euch keine Sorgen. In einer halben Stunde bin ich zu Hause und erzähle euch, wo ich war.«

So eine Nachricht haben Mama und Papa noch nie von mir gekriegt. Den Macht-euch-keine-Sorgen-Tipp hätte ich vielleicht besser lassen sollen. Der wirkt bestimmt beunruhigend auf sie. Aber egal. Meine Eltern werden nachher die Erfahrung machen, dass ich wohlbehalten zurückkomme – obwohl ich mal kurz allein unterwegs war. Ich meine, es muss doch nicht jedem ständig was Schlimmes passieren. Sage ich mir, ganz in der Nähe eines Waisenhauses, in dem bald ein Haufen Kinder wohnen, die Schlimmes erlebt haben.

Ich drücke die Spülung, damit Lukas und Miranda denken, dass ich auch wirklich auf der Toilette war, klappe den mit rosa Plüsch bezogenen Klodeckel runter und gucke mich kurz im Spiegel über dem kleinen Waschbecken an.

Sieht so ein Waisenkind aus?

Als ich wieder im Wohnzimmer erscheine, stehen auf dem Tisch eine Menge Marmeladengläser und eine Tasse Salbeitee. In meiner Tasche vibriert schon wieder mein Handy. Das sind Mama und Papa. Die drehen vermutlich gerade durch. Und auf dem Sofa sitzt Miranda mit einer dicken grau getigerten Katze auf dem Schoß und neben ihr knackt Lukas ein paar Nüsse. Die beiden sind so klein und rund, dass sie in ihren rot-weiß-karierten Kleidern wie überdimensionierte Sofakissen aussehen. Kleiner Scherz.

Ich schiebe mich auf einen der Stühle und nippe an dem Tee. »Vielen Dank!«

»Willst du solange bei uns warten, bis deine neuen Freunde mit dem Bus angekommen sind?« Lukas steckt sich eine Walnuss in den Mund und kaut. »Dann bringe ich dich und die Marmeladengläser rüber.«

Ich schüttle den Kopf. »Ich glaube, ich warte lieber vorne auf den Stufen. Damit ich auf keinen Fall die Hausführung verpasse.« Ich stelle mir das nämlich wie bei Harry Potter vor. In Hogwarts gab's auch eine Hausführung für die Neuankömmlinge.

»Das ist eine gute Idee«, sagt Miranda.

Ich komme mir schäbig vor, dass ich nicht aufhöre, vor diesen hilfsbereiten Leuten einen auf Waisenkind zu machen. Auf der anderen Seite wissen sie bestimmt längst, dass ich nur so tue. Um mir eine Freude zu machen, spielen sie mit mir das Spiel: Lisas Eltern wurden entführt und sind spurlos verschwunden.

Mama und Papa würden das nie mit mir spielen. Das liegt natürlich an Mamas krassem Erlebnis in der Vergangenheit. Alles, was wir zu Hause machen, liegt an Mamas krassem Erlebnis in der Vergangenheit. Ich wünschte, wir könnten manchmal so tun, als gäbe es kein krasses Erlebnis in der Vergangenheit. Das würde vieles vereinfachen.

Ich trinke von dem heißen Tee, bis mir der Schweiß auf der Stirn steht, und sage: »Ich setze mich dann mal vorne auf die Stufen.« In meiner Tasche surrt wieder mein Telefon. Meine arme Mama. Bestimmt kann sie gerade vor Sorge nicht mehr klar denken. Das tut mir leid. Ich bin ja schon fast auf dem Weg nach Hause!

»Möchtest du vielleicht auch eine Nuss?«, fragt Lukas. »Sind aus unserem Garten.«

»Warum nicht?!« Angeblich habe ich neben der Hunde- und Katzenhaarallergie ja auch besagte Nussallergie. Aber ich werde jetzt den Beweis antreten, dass nicht jeder aus den Latschen kippt nur weil er eine Nuss isst.

Ich strecke meine Hand aus und Lukas legt zwei Walnusshälften hinein. Mit einer flotten Geste werfe ich sie mir in den Mund und kaue. So schmecken also Nüsse! Seltsam bitter. Ich mache heute Mittag wirklich einige interessante Erfahrungen. Denke ich noch. Dann bekomme ich heftigen Juckreiz auf den Lippen und im Mund. Sogar im Hals. Alles fühlt sich irgendwie so geschwollen an. Und plötzlich bekomme ich keine Luft mehr. Alles dreht sich um mich herum. Ich versuche, mich am Tisch abzustützen. Es wird dunkel im Zimmer. Gleichzeitig sehe ich Tausende Sternchen blinken. Meine Knie geben nach und mein Gesicht landet auf dem Teppich. Rechts und links neben mir krachen die Marmeladengläser zu Boden. Mama und Papa, gleich bin ich tot.

# IM NEUEN HAUS

Ich schlage die Augen auf. Alles um mich herum ist weiß. Bin ich im Himmel? Weil ich eine Nuss gegessen habe? Bitte nicht! Ich drehe meinen Kopf. Neben mir steht eine junge Frau, in weißem Kittel. Sie lächelt. »Da bist du ja wieder.«

»Ja«, sage ich. Auch wenn ich *hier* noch nie war. In diesem seltsamen Raum, mit den weißen Vorhängen und den süßen Rehkitz-Bildern an den Wänden. Ich frage: »Wo bin ich?«

»Auf der Krankenstation.«

»Im Waisenhaus?«

Sie nickt fröhlich. »Herzlich willkommen. Die anderen Kinder sind noch gar nicht da und du liegst schon auf unserer Station. Das ist doch mal eine echte Leistung!«

Ich grinse, um ihr nicht die Freude zu nehmen. »Gern geschehen.«

»Du hattest einen heftigen allergischen Schock, den wir mit einer Adrenalinspritze behandeln mussten, damit du wieder Luft bekommst. Deine Atemwege waren komplett angeschwollen. Jetzt ist aber alles wieder gut. Kein Grund zur Beunruhigung.«

Okay, dann sollte ich jetzt wirklich mal los, damit Mama und Papa wissen, dass alles gut ist. Ich schlage die Decke zurück und sage: »Danke! Ich geh dann mal wieder.«

»Wohin?« Die Schwester sieht mich irritiert an.

»Nach Hause.« Ich will mich aufrichten und meine Beine über die Bettkante schwingen.

Doch die Schwester drückt mich zurück. »Mein Schätzchen, dies *ist* dein Zuhause.«

Ich probiere, mich wieder aufzurichten. Aber sie lässt mich nicht. Diese junge Schwester hat ganz schön Kraft! Also bleibe ich liegen und bettle: »Ich will bitte nach Hause!«

»Schätzchen, es tut mir so leid, aber das kannst du nicht.«

»Natürlich kann ich das. Ich wohne hier gleich um die Ecke. Nur die Straße runter.«

Ich versuche, vernünftig und klar zu klingen.

Die Schwester mit den freundlichen braunen Augen seufzt und setzt sich zu mir auf die Bettkante. »Pass auf: Der Arzt kommt gleich und sieht nach dir. Der allergische Schock scheint dich etwas durcheinandergebracht zu haben.«

»Ich bin nicht durcheinander.«

Ich muss wirklich aufpassen, dass ich nicht wütend werde.

Sie lächelt mich mitleidig an. »Und sobald die Erzieher mit dem Bus angekommen sind, wird einer von ihnen kommen und dir dein neues Zimmer zeigen. Wenn du erst deine Zimmerkameraden kennengelernt hast, wirst du dich bald wie zu Hause fühlen. Versprochen. Als hättest du ganz viele Geschwister.«

Ich könnte jetzt noch hundertmal sagen: ›Ich will nach

Hause! Ich wohne hier gleich um die Ecke! Ich bin kein Waisenkind.‹ Aber diese Schwester scheint sich darauf eingeschossen zu haben, dass ich durch den allergischen Schock die Orientierung verloren habe. Es ist meine Schuld, ich habe Lukas und Miranda angelogen und gesagt, dass ich eins der Waisenkinder bin und meine Eltern entführt wurden. Genau das werden sie dieser Schwester gesagt haben, die jetzt brav und gewissenhaft ihrer Pflicht nachgeht. Niemandem ist etwas vorzuwerfen. Nur mir! Ich hätte niemals diese bekloppte Nuss essen dürfen. Niemals diese Geschichte erzählen dürfen. Niemals alleine mit dem Rad losfahren dürfen. Niemals hätte ich denken dürfen, dass das Leben ohne Eltern lustiger ist. Das habe ich jetzt davon! Ich sehe zum Fenster hinüber, vor dem die weißen Vorhänge wehen. Und durch den schmalen Spalt sehe ich, dass die Fenster Gitter haben. Wie im Gefängnis!

Ich taste nach meiner Hosentasche. Ich muss Mama und Papa anrufen, damit die mich sofort abholen kommen. In zehn Minuten ist der ganze Spuk vorbei. Dann kommen sie hier rein, sagen der Schwester, dass ich ihr Kind bin, und nehmen mich mit nach Hause und wir vergessen das Ganze. Aber – heilige Matschbanane! Ich trage eine Art Nachthemd! Keine Hose mit Tracking-Handy in der Tasche! Ich sehe mich um. Nirgendwo sind meine Kleider. Nicht auf dem Stuhl, nicht auf dem Nachtschränkchen. Ich frage so ruhig wie möglich: »Wo sind meine Sachen?«

»In der Wäscherei.« Die Schwester streicht mir liebevoll übers Haar. Dann steht sie auf und geht Richtung Tür.

»Warum in der Wäscherei?«

»Als du bei Lukas ohnmächtig geworden bist, sind einige Gläser mit Erdbeermarmelade auf dich drauf gefallen. Eins davon ist leider kaputtgegangen.« Die Schwester lächelt, damit ich mir ja nicht dämlich vorkomme.

In meinem Kopf rauscht es. Das heißt, mein Handy wird gerade in der Waschmaschine durchgeschäumt?! Ich kann meine Eltern nicht anrufen. Sie können mich nicht orten! Vor den Fenstern sind Gitter. Die Schwester lässt mich nicht aus dem Zimmer. Ich werde fliehen müssen. Hätte ich doch nur meine GPS-Uhr umgemacht! Ich lächle matt und hauche: »Ich glaube, ich schlafe noch ein bisschen.«

Damit die Schwester endlich verschwindet. Ich will hier raus. Ich halte es keine Sekunde länger hier drin aus. Ich will mit meinem Papa in den Kletterwald und meiner Mama heute Abend beim Tischdecken helfen. Hauptsache, ich komme hier raus.

»Mach das, Lisa.« Die Schwester geht leise aus dem Zimmer und zieht hinter sich behutsam die Tür zu.

Mein Herz wummert. Als das Quietschen ihrer Schritte draußen auf dem Flur nicht mehr zu hören ist, zähle ich bis zehn, schiebe die Bettdecke zur Seite, stehe auf und sehe an mir herunter. Großartig! Ich stecke in diesem knielangen, weißen Nachthemd. Das wird ja gar nicht weiter auffallen, wenn ich damit wie ein Gespenst über die Gänge husche.

Ich schleiche zur Tür. Vorsichtig öffne ich sie wieder. Ein langer Flur erstreckt sich vor mir. Rechts und links reihen sich Türen hintereinander. Hinter einer ist bestimmt die

Schwester verschwunden. Oder sie läuft durchs Gebäude, auf der Suche nach dem Arzt, der sich um meine angebliche Verwirrtheit kümmern soll.

Auf Zehenspitzen tripple ich los. So schnell ich kann. Ich werde immer schneller. Ich erreiche das Treppenhaus. Durchs große Fenster am Ende des Gangs flutet das Sonnenlicht bis zu mir. Von unten herauf hallt eine Frauenstimme, dann eine Männerstimme. Ich höre Schritte und dass sie meinen Namen sagen. Sie kommen die Treppe herauf, die ich gerade hinunter wollte. Wo soll ich mich verstecken? Ich drehe mich um. Nur Flur und Treppen und Türen.

Die Stimmen kommen näher. Ich will nach Hause. Zu meiner Mama. Zwischen zwei Türen entdecke ich einen Schrank. Und gerade als die Schwester und ein Mann in weißem Kittel – vermutlich der Arzt – auf meiner Etage ankommen, reiße ich die Schranktür auf und springe hinein.

Ich zwänge mich zwischen Besenstiele und Putzfeudel. Ich stehe mit einem Fuß in einem Blecheimer, mit dem anderen auf einem Kehrblech. Ich halte die Luft an und ziehe vorsichtig die Schranktür zu. Hoffentlich findet Lukas mein Fahrrad hinterm Busch und versteht dann, dass ich ihm und Miranda nur eine alberne Waisenkind-Geschichte erzählt habe. Oder Mama und Papa kommen von selbst drauf, dass ich hier sein muss, weil ich vorhin nach dem Haus gefragt habe.

Draußen auf dem Flur scheinen immer mehr Leute nach mir zu suchen. Sie klingen aufgeregt. Durch die Schranktür höre ich, wie die Schwester mich dem Suchtrupp beschreibt.

»Hellblonde, watteartige Haare und lustige Vorderzähne. Das Mädchen heißt Lisa. Sie lag gerade noch auf der Krankenstation und machte einen verwirrten Eindruck.«

Dafür, dass ich nur ein Waisenkind bin und eigentlich niemandem gehöre, sind sie alle ziemlich besorgt. Wahrscheinlich, weil die Waisenhauserzieher denken, dass sie die Verantwortung für mich haben. Wie es scheint, muss ich erst einmal hier im Schrank hocken bleiben. Bis es Nacht ist – oder so.

# RAUS AUS DEM SCHRANK

»Was machst du da drin?« Plötzlich öffnet sich die Schranktür einen Spaltbreit. Zwei ziemlich grüne Augen gucken mich erstaunt an.

»Ich verstecke mich«, flüstere ich und habe Angst, dass ich aufgeflogen bin.

»Vor wem?« Die Tür geht noch ein Stück weiter auf. Im sonnenhellen Flur steht ein Junge in meinem Alter. Mit so ziemlich den gleichen hellblonden Wattehaaren auf dem Kopf wie ich sie habe. Überflüssig zu erwähnen, dass er auch einigermaßen große Vorderzähne hat. Je mehr Licht auf mich fällt, desto überraschter blickt er mich an.

Ich wispere: »Vor diesen Leuten hier. Bitte verrat mich nicht!«

Aber er sieht mich nur noch erstaunter an. »Warum versteckst du dich?«

»Weil sie mich hier gefangen halten wollen.«

»Sie wollen dich hier gefangen halten?« Der Junge schüttelt ungläubig den Kopf und ich werde zunehmend nervös. Weil er aussieht wie mein Doppelgänger und weil es ziemlich auffällig ist, wenn er mit dem Schrank spricht.

»Könntest du so freundlich sein und zu mir reinkommen, sonst finden sie mich sofort.«

»Okay.« Der Junge klettert neben mich und den Putzeimer, auf den ich mich inzwischen gesetzt habe. Er zieht die Schranktür zu und wir hocken im Stockdunklen. Wir hören uns gegenseitig beim Atmen zu.

Dann sage ich leise: »Ich bin kein Waisenkind.«

»Verstehe.«

»Ich bin nur aus Versehen hier, weil ich eine Nuss gegessen habe und …«

Der Junge kichert neben mir. »Du bist echt durchgeknallt.«

Kann schon sein. Ich frage: »Wie heißt du eigentlich?«

»Lasse.«

Na klar! Hätte ich mir ja denken können! Ein kurzer Name mit dem Anfangsbuchstaben ›L‹! »Ich heiße Lisa.«

Wir schweigen und starren wieder – ohne etwas zu sagen – in die Schwärze. Endlich flüstert er: »Du weißt schon, dass du genau wie ich aussiehst?«

»Und du siehst aus wie ich. Also, wie ein Mädchen.« Jetzt kichere ich.

Es macht Spaß, zusammen im Schrank zu sitzen und Witze zu reißen. Draußen laufen Kinder vorbei. Dann hören wir wieder Stimmen von Erwachsenen. Inzwischen scheinen alle damit beschäftigt zu sein, nicht mehr mich, sondern ihre neuen Zimmer zu finden.

Schließlich fragt Lasse leise: »Ich habe dich vorhin gar nicht im Bus gesehen. Wie bist du hierher gekommen?«

Ich seufze: »Hab ich doch schon gesagt: Ich habe diese bekloppte Nuss gegessen.«

»Was war das für eine Nuss? Eine Zaubernuss?« Sein Arm berührt kurz meinen und zuckt dann schnell zurück.

»Eine ganz normale Walnuss. Aber ich bin allergisch dagegen und …«

»Echt? Ich vertrage auch keine Nüsse!« Ich spüre, wie Lasse mich überrascht anblickt. Inzwischen haben sich unsere Augen etwas ans Dunkle gewöhnt und ich sehe ganz leicht sein Gesicht schimmern. Er wispert: »Ich kriege dann immer so ein Kribbeln im Mund und mein Hals fühlt sich wie zugeschnürt an. Einmal wäre ich sogar fast an einem Nusskeks gestorben …«

Mich überzieht ein leichter Schauer. Es ist ziemlich eigenartig, wie ähnlich Lasse und ich uns sind. Er kommt mir kein bisschen fremd vor. Eher so, als würden wir uns schon seit Ewigkeiten kennen. Was ja gar nicht sein kann. Ich habe diesen Jungen noch nie in meinem Leben gesehen. Ich frage zögernd: »Und was ist mir deinen Eltern passiert?«

»Keine Ahnung.«

»Du weißt nicht, was mit deinen Eltern passiert ist?«

Anstatt einer Antwort ist der Schrank plötzlich voll von Lasses traurigem Schweigen. Schließlich räuspert er sich und flüstert mit so einer gespenstischen Stimme, sodass ich schon wieder erschauere: »Als ich noch ein Baby war, haben sie mich in einem Körbchen auf der Schwelle von meinem letzten Waisenhaus abgestellt. Sie haben geklingelt und sind einfach abgehauen.«

»Was? Wirklich?« Welche Eltern stellen denn bitte ihr winziges Baby vor einem Waisenhaus ab? »Und … warum? Ich meine, lag ein Zettel im Körbchen?«

»Ja, aber da stand nur drauf, dass ich Lasse heiße und am 21. August Geburtstag habe.«

»Wie ich«, piepse ich atemlos. Wie kann das sein? Es ist, als würde ich mit meinem Zwillingsbruder im Schrank sitzen. Aber das ist natürlich unmöglich. Ich habe keinen Zwillingsbruder. Das alles ist reiner Zufall. Seltsamer Zufall. Schöner Zufall, weil ich diesen Lasse jetzt schon viel lieber mag, als ich Alice jemals gemocht habe. Ich frage leise in die Stille hinein: »He, Lasse! Hilfst du mir, von hier zu verschwinden? Meine Eltern machen sich bestimmt schon richtig Sorgen. Sie wissen ja nicht, dass ich in einem Putzschrank im Waisenhaus feststecke.«

»Okay«, wispert er. »Aber nur unter einer Bedingung …«

»Unter was für einer Bedingung?«

Bevor er antworten kann, schallt draußen ein Gong durch den Gang. Dann noch mal und noch mal. Erschrocken klammere ich mich an seinen Arm: »Ist das der Alarm, dass jetzt alle nach mir suchen sollen?«

Er lacht unterdrückt. »Quatsch! Das ist der Gong zum Kuchenessen.«

Eilig lasse ich seinen Arm wieder los. »Ach so. Ja klar.«

Vorsichtig drückt er die Schranktür auf und späht nach draußen. Eine Herde Kinder läuft an unserem Versteck vorbei, gefolgt von ein paar Erziehern, die offenbar alle Richtung Speisesaal strömen. Als alle vorbei sind, zwängt sich

Lasse nach draußen und raunt: »Rühr dich nicht vom Fleck, ich bin gleich wieder da.«

Die Schranktür geht wieder zu. Ich hocke im Lichtlosen und höre, wie am Ende des Gangs das Fußgetrappel und die aufgeregten Kinderstimmen verebben. Dann ist es still.

Ich warte. Gerade als ich Bammel kriege, dass Lasse mich vielleicht vergessen haben könnte, geht die Schranktür zum Glück wieder auf. Mein neuer Freund grinst mich an. Neben ihm steht ein Junge, der mindestens einen Kopf kleiner ist als er. Dafür hat er vorne eine beeindruckende Zahnlücke.

Lasse legt ihm den Arm um die Schultern: »Das ist Siggi. Er wird uns jetzt helfen, dich hier rauszukriegen. Auf ihn ist Verlass. Sogar wenn ihm Folter angedroht wird – aus ihm ist nichts rauszukriegen. Sein Vater war ein ziemlich gefährlicher Gangsterboss, bis er von seinem eigenen Onkel verraten wurde.« Lasse streicht mit seinem Zeigefinger über seinen Hals, zum Zeichen, dass Siggis Vater nicht mehr unter uns weilt. Dann fügt er vielsagend hinzu: »Mein Kumpel hier weiß also, wie wichtig Verschwiegenheit ist …«

Siggi reicht mir seine kleine Hand in den Schrank und senkt seine Stimme ab, als sei er selbst so ein gefährlicher Gangsterboss. »Freut mich, dir helfen zu können.«

Wir schütteln uns die Hände. Dann wendet sich Siggi Lasse zu: »Die Lady sieht wirklich aus wie du.«

»Sag ich doch.« Lasse macht ein stolzes Gesicht. Dann wird er plötzlich ernst und wispert. »Wir sollten die Sache dringend durchziehen, bevor das Kuchenessen vorbei ist. Ich habe nämlich richtig Hunger.«

Doch Siggi hebt seine Hand: »Moment noch!« Seine dunklen Augen blitzen, als er mich durchdringend ansieht: »Dieser Gefallen kostet eine Kleinigkeit.«

»Du willst Geld?«, presse ich hervor? Mein Herz wummert aufgeregt: »Ich habe keins.«

»Kein Geld.« Er schüttelt angewidert den Kopf. »Lasse und ich wollen dich bald mal zu Hause besuchen kommen.«

»Mich?«

Jetzt nickt Lasse ebenfalls heftig. »Ja. Wir wollen mit dir und deinen Eltern am Tisch sitzen und einen Sonntagsbraten oder so was essen. Oder Lasagne. Was man eben so von seiner Mutti gekocht kriegt.«

»Spaghetti wären auch okay«, gibt Siggi zu bedenken.

»Ja, oder Schnitzel und danach Apfelkompott.«

»Und wenn wir mit deinen Eltern danach noch einen Film angucken könnten, wäre das richtig super.« Siggi und Lasse verschränken die Arme vor der Brust und sehen mich abwartend und hoffnungsvoll an.

Ich nicke. »Klar! Kein Problem. Nichts leichter als das.« Dazu grinse ich. Aber als ich in die erschütterten Gesichter der beiden Jungs sehe, die mit einem Mal ganz bleich sind, merke ich, dass ich gerade richtig dummes Zeug geredet habe. *Kein Problem! Nichts leichter als das!* Für Waisenkinder schon! Für Lasse und Siggi ist es natürlich ein Ding der Unmöglichkeit, mit echten Eltern am Tisch zu sitzen oder fernzusehen. Sie haben ja keine mehr! Für *mich* ist es normal und manchmal sogar echt nervig. Das ist irgendwie krass.

»Kommst du endlich?« Siggi macht einen Schritt zur Seite. Sein Blick hat sich verdunkelt und ich schätze, dass er jetzt traurig ist, weil er keine Eltern mehr hat.

Ich gucke zu Boden, weil mir das alles ziemlich peinlich ist, und klettere aus dem Schrank. Weit hinten, am Ende des Gangs, hören wir ein paar Kinder lachen.

»Mann, die räumen das Kuchenbüffet gleich schon wieder ab!« Lasse packt mich an meinem Arm und zerrt mich in die andere Richtung, weg vom Gelächter.

Seine Stimme klingt mit einem Mal rau und ein bisschen wütend, so, als hätte ich ihn mit Absicht verletzt. Siggi läuft in seinem geringelten T-Shirt vor uns her und ich sehe, dass er auf seinem Hinterkopf einen Haarwirbel hat, weswegen eine widerspenstige Haarsträhne wie eine Antenne nach oben absteht. Sieht eigentlich witzig aus, aber ich spare mir ein Grinsen, weil dafür momentan nicht die richtige Stimmung ist. Ich spüre Lasses festen Griff um mein Handgelenk. Ich renne, so schnell ich kann, hinter ihm die Treppenstufen hinunter. Unten bleiben wir stehen und Siggi späht um die Flurecke. Lasse und ich pressen uns hinter ihm an die Flurwand. Ich versuche, nicht zu atmen. Mein Herz klopft bis zum Hals. Ich will nicht erwischt werden. Ich will nach Hause, mich in den Garten setzen und Papa dabei zugucken, wie er in der Stille des Nachmittags unseren Goldfischteich ausbuddelt. Oder ich setze mich zu Mama in die Küche und gucke ihr beim Ausräumen der Spülmaschine zu. Meinetwegen lasse ich auch wieder das bekloppte Gespräch über mich ergehen, ob ich nicht Alice anrufen will, damit sie uns besuchen kommt. Mama versteht einfach nicht, dass es zwischen Alice und mir *aus* ist. Ich habe es ihr schon ein paar Male gesagt, aber sie findet: »Ihr ward doch so gute Freundinnen!«

Kann ich was dafür, dass wir weggezogen sind? Wären wir nicht weggezogen, wäre Alice noch meine Freundin und dann stünde ich hier nicht mit zwei fremden Jungs an die Wand vom Waisenhaus gepresst.

Siggi dreht sich mit so einem alarmierten Blick zu uns um: »Da kommt jemand! Los, los! Verstecken! Die killen uns sonst!«

Was? Die killen uns sonst? Was soll das denn heißen? Ich quieke: »Warum killen die uns?«

»Ist eben so!« Siggi stößt mich zurück, Lasse zieht mich hinter sich her, unter die Treppe, wo wir uns dicht aneinander in den Schatten hocken. Ich höre unseren angespannten Atem. Ich sehe die feinen Schweißperlen auf Siggis gewölbter Stirn. Ich sehe eine lange rote Narbe auf Lasses Unterarm. Ich höre die Schritte, die durch den Gang hallen.

»Da vorne ist die Eingangstür.« Lasse macht eine leichte Bewegung mit seinem Kopf, Richtung Licht. »Du musst einfach um die Ecke und dann noch ein paar Meter bis zur Tür. Ab hier musst du es ohne uns schaffen.«

»Was?« Ich reiße die Augen auf.

»Wir können dich nicht weiter begleiten. Das ist zu gefährlich für uns.«

»Das ist zu gefährlich? Warum?«

»Fragst du immer so viel?« Siggi funkelt mich wütend an.

»Aber ich dachte, ihr helft mir?«, presse ich hervor und verstehe die Welt nicht mehr.

»Haben wir doch.« Lasse sieht mich durchdringend an.

»Ihr habt mich die Treppe runtergebracht. Mehr nicht.«

»Das ist ziemlich weit für zwei Typen, die eigentlich gerade bei Kakao und Kuchen sitzen wollen.« Die beiden Jungs ziehen die Augenbrauen hoch. »Worauf wartest du noch? Wenn sie dich doch noch erwischen, werden wir sagen, dass wir dich nicht kennen, dann kommst du hier nie raus.«

Was habe ich den beiden getan, dass sie sich plötzlich so seltsam verhalten? Sind sie noch sauer, weil ich meinte, dass es kein Problem sei, mit meinen Eltern fernzusehen? Vermutlich sind sie, genau wie meine Mama, stark traumatisiert! Weil ich mich nicht rühre, gibt mir Siggi noch einen kleinen Schubs. »Los, schwirr ab!«

Ich rapple mich auf und renne einfach los. Ohne nach rechts und links zu gucken. Ich renne einfach um die Flurecke, bis zur hohen, mit Schnitzereien verzierten Ausgangstür. Ich greife nach der riesigen Klinke, die auf Höhe meines Kopfes angebracht ist, und ziehe mit aller Kraft die schwere Tür auf.

Hinter mir höre ich eine Männerstimme: »He! Junges Fräulein! Wohin willst du?«

Ich drehe mich nicht um. Ich zwänge mich durch den schmalen Schlitz, renne die sonnenbeschienenen Steinstufen hinunter, renne den grasbewachsenen Hügel hinunter, dabei habe ich das Gefühl, dass ich überhaupt nicht vorwärtskomme. Ich höre noch einmal, wie der Mann hinter mir ruft: »He! Bleib stehen! Hast du dich bei deinem Gruppenleiter abgemeldet?!«

»Ja!«, rufe ich und jage den Gehweg hinunter, bis ich unsere Siedlung erreiche. Ich renne immer weiter, in meinen Lungen brennt es. Ich keuche. Ich weine. Ich höre mein eigenes, jämmerliches Schluchzen. Ich bin so wütend. Auf die beiden Jungs. Auf das Waisenhaus. Auf meine Eltern. Auf Alice. Auf dieses ganze bekloppte Leben. Diese bekloppte Siedlung, über der sogar die Wattewölkchen stillstehen. Die Bienen über den Rosenbüschen scheinen in der Luft bewegungslos zu verharren. Die Autos stehen am Straßenrand. Die Vögel sitzen betäubt in den Bäumen. Hier ist nichts los! Und darum bin ich überhaupt nur in diesen Mist hineingeraten! Weil ich wollte, dass mal irgendwas passiert! Ich freue mich schon, wenn ich erwachsen bin und selber Geld verdiene. Da werde ich als Erstes zurück in die Stadt ziehen und mir eine neue Freundin besorgen. Und zwar eine, die Eltern hat!

# WO WARST DU?

»Wo warst du?« Meine Mutter starrt mich mit riesigen Augen an, als sie mir die Tür aufmacht.

»Im Waisenhaus.« Atemlos quetsche ich mich an ihr vorbei ins Haus. Ich spüre, wie sie mich von hinten fassungslos anguckt.

»Im Waisenhaus? Warum?«

»Keine Ahnung. Um was Spannendes zu erleben.«

»Im Waisenhaus?«

»Was anderes gibt's hier ja nicht.«

Endlich macht meine Mutter die Haustür zu, während ich die Treppe zu meinem Zimmer hochstapfe.

»Sie war im Waisenhaus«, höre ich Mama zu Papa sagen, als er mit dem Telefon aus dem Wohnzimmer gerannt kommt.

»Wieso warst du im Waisenhaus?«, ruft er hinter mir her. »Wir waren drauf und dran, die Polizei zu alarmieren!« Ich antworte nicht. Ich schleppe mich in mein Zimmer, klatsche die Tür zu, schiebe meine neue Ikea-Kommode davor, damit meine Eltern nicht ungehindert reinkommen können, und stelle mich ans Fenster.

Ich habe das Waisenhaus direkt im Blick. Wie eine weiße Sahnetorte thront es auf dem grasbewachsenen Hügel. So, als würde es fragen: »Na, willst du noch ein Stück?«

Hab ich es schon gesagt? Ich hasse Waisenhäuser! Darin wimmelt es von Bekloppten. Bekloppte Krankenschwestern. Bekloppte Jungs. Kann ich doch nichts dafür, dass sie keine Eltern mehr haben. Dafür haben sie wenigstens viele Freunde. Ich habe gar keine, schon mal darüber nachgedacht? Das würde ich diesem Lasse und diesem Siggi gerne noch sagen: »Ihr habt wenigstens Freunde!«

Ich bin schon wieder so wütend, dass ich glatt bereit wäre, noch mal schnell zum Waisenhaus zurückzujoggen, um es denen so richtig unter die Nase zu reiben, wie armselig alleine ich bin, während sie im riesigen Speisesaal zusammen bei Kakao und Kuchen sitzen und einen auf *Harry Potter* machen. Vielleicht kriegen sie keinen Sonntagsbraten, dafür aber vermutlich giftgrünen Wackelpudding, den meine Mutter niemals kaufen würde, weil der ungesund ist.

Die beiden Jungs sollten echt mal darüber nachdenken, dass es nicht nur Vorteile hat, Eltern zu haben.

Die Tür wird von außen aufgestoßen und kracht mit Schmackes gegen meine Ikea-Kommode. Meine Mutter redet durch den schmalen Türspalt. Ich sehe ihre Nase. »Darf ich reinkommen?«

»Nein.«

»Warum denn nicht?«

»Weil ich meine Privatsphäre brauche.«

»Welche Privatsphäre?«

»Na, die in meinem Zimmer!«

Die Tür geht wieder zu. Jetzt habe ich meine Privatsphäre. Und was mache ich jetzt damit? Bevor ich anfange, mich mit meiner Privatsphäre zu langweilen, geht die Tür glücklicherweise wieder einen Spaltbreit auf. Dieses Mal taucht Papas Nase auf. Er sagt: »Ich weiß, du willst deine Privatsphäre haben. Ich will sie dir auch überhaupt nicht nehmen. Ich will nur wissen, was los ist?«

»Ist Privatsache«, sage ich – obwohl ich das eigentlich gar nicht sagen will. Aber wenn man wütend ist, sagt man ständig Sachen, die man eigentlich gar nicht sagen will.

Die Tür geht wieder zu und ich hocke in meiner rosa Privatsphäre mit rosa Teppichboden, weißem Kleiderschrank, weißem Bücherregal, weißem Schreibtisch und pinkfarbenem Schreibtischstuhl. Ich habe so eine richtig piefige Privatsphäre. Super peinlich, wenn man sich mal vor Augen führt, dass Siggi und Lasse mich vielleicht doch mal besuchen kommen. Ich stelle mir vor, wie ich denen mein *süßes* Mädchenzimmer zeige und sage: »Hier langweile ich mich.«

Ich sehe sie genau vor mir, wie sie so mit ihren Köpfen nicken und murmeln: »Kein Wunder.«

Ich habe sogar einen rosa Tüllhimmel über meinem weißen Bett. Als wäre ich eine bekloppte Prinzessin. Würg! Ich schätze, ich sehe mein Leben zum ersten Mal mit anderen Augen. Mit Jungsaugen. Mit Augen von Leuten, die echt Ahnung von der Härte des Lebens haben. Und es ist erschreckend, was ich da sehe! Eine volle Ladung Mädchenkitsch. Ich schätze, ich bin so eben meiner Zimmereinrichtung entwachsen. Sie gehört noch zu meinem alten Leben, das ich mit Alice und ihrem Faible für Flechtfrisuren geteilt habe. Ich schätze, ich muss mein Zimmer umgestalten, damit es zu meinem neuen Leben passt. In dem ich beinahe an meiner Nussallergie gestorben wäre, in dem Kinder keine Eltern haben und in dem ich in einem Waisenhaus gefangen gehalten wurde. Mein Leben ist viel krasser als das von Alice. Es ist krasser, als es meinen Eltern klar ist.

Es klopft an der Tür: »Willst du ein Eis?«

Mama gibt nicht auf. Ich antworte nicht. Eis ist was für Schwächlinge, die sich langweilen.

»Lisa?«

Ich starre auf die Tür und kriege meinen Mund nicht auf. Die Klinke geht rauf und runter und die Tür wieder einen Spalt auf.

»Willst du ein Eis, mein Schatz?«

Jetzt brülle ich: »Nein, verdammte Scheiße!«

Und – zack! – geht die Tür sofort wieder zu.

Ich schätze, ich stecke in der Pubertät. Das Thema haben wir neulich im peinlichen Sexualkundeunterricht durchgekaut. Laut unserem Biolehrer Herrn Thiele tritt die Pubertät zwar erst mit etwa zwölf oder dreizehn Jahren ein, aber Ausnahmen bestätigen die Regel. Man erkennt diesen aufwühlenden Lebensabschnitt eindeutig an schlechter Laune, an dem dringenden Bedürfnis, seine Eltern anzubrüllen und an der Sehnsucht nach Privatsphäre.

Tja, Pech gehabt, Mama und Papa. Eure Tochter ist frühreif! Gut für mich. Dann passiert wenigstens mal was.

Als Symbol für meine plötzlich eingetretene Pubertät reiße ich den rosa Tüllhimmel von der Zimmerdecke, knülle ihn zusammen und stopfe ihn in meine Bettschublade, wo eine rosa Gästedecke mit rosa Gästekopfkissen liegen – falls mal Besuch bei mir schlafen will. Dass ich nicht lache!

Dann rupfe ich die rosafarbenen Vorhänge ab, stopfe sie ebenfalls in die Bettschublade, dann stopfe ich noch mein rosa Plüscheinhorn dazu und meine Prinzessin-Lillifee-Nackenrolle. Ich kann nichts dafür. Die Hormone sind schuld. Sie überschwemmen meinen Körper und steuern meinen Befreiungsschlag.

Als ich meinen Befreiungsschlag in Sachen Mädchenzimmer erledigt habe, weiß ich nicht, was ich als Nächstes machen soll. Ich bin nicht mehr wütend, dafür habe ich Hunger. Aber ich will mein Zimmer nicht verlassen, weil ich dann Mama und Papa in die Augen sehen muss. Außerdem will ich kein Gespräch darüber führen, dass ich jetzt in der Pubertät stecke. So ein Gespräch will kein Mensch führen. Schon gar nicht mit beiden Elternteilen.

Da aber mein Magen so laut knurrt, dass ich mich auf nichts anderes mehr konzentrieren kann, schiebe ich meine Ikea-Kommode zur Seite und stelle mich oben auf den Treppenabsatz.

Um von mir abzulenken, werde ich Mama und Papa einfach von Lasse erzählen, der aussieht wie ich.

Die beiden stehen unten schon im Flur bereit. Mit großen Augen gucken sie mir entgegen, als ich langsam die Treppe runterkomme. Weil mir das alles plötzlich so peinlich ist, muss ich grinsen. Ich wünschte echt, ich hätte einen Zwilling, der die Hälfte der Aufmerksamkeit meiner Eltern abkriegen würde. Das würde mich echt entlasten. Dann würden jetzt nicht zwei interessierte Augenpaare auf mir kleben. Sondern nur eins. Wie aus einem Mund fragen Mama und Papa: »Was ist denn nur los, Schätzchen?«

Ich verdrehe genervt die Augen, sodass nur noch das Weiße zu sehen sein dürfte, und streife wortlos an meinen Eltern vorbei, durchs Wohnzimmer, hinaus in den Garten, wo es aussieht, als sei eine Bombe mitten auf unserem Rasen explodiert. Ich schätze, in diesem Erdloch sollen schon bald Goldfische schwimmen.

Und ich sag's gleich: Ich werde ihnen nie Futter reinwerfen, weil ich kein Typ für Fische bin. Schließlich bin ich nicht hundertachtzig, wie all unsere Nachbarn. Lieber hätte ich einen Kampfhund oder so. Den würde ich mal kurz auf Alice hetzen, damit sie Schiss kriegt und sich wünscht, sich niemals von mir abgewendet zu haben. Aber ich bin ja gegen Tierhaare allergisch.

Mama und Papa sind mir dicht auf den Fersen. Ich lasse mich auf die Hollywoodschaukel plumpsen, mit Blick auf den riesigen Krater. In dem Erdhügel, den Papa eigenhändig aufgehäuft hat, steckt sein Spaten.

Mama und Papa setzen sich rechts und links neben mich und wir schaukeln ein bisschen hin und her, während in den Bäumen die Amseln zwitschern, nebenan der Rasenmäher brummt und die Wölkchen über uns bewegungslos am Himmel stehen.

»Du warst also im Waisenhaus?«, setzt Papa an und tut alles, um möglichst unbefangen und fröhlich zu wirken.

Ich nicke. »Jep.«

»Und waren schon die Kinder da?«, fragt Mama und sieht mich milde lächelnd von der Seite an. Ich brauche gar nicht meinen Kopf zu drehen. Ich weiß genau, wie sie guckt. Ich kenne meine Eltern in- und auswendig. Und ich weiß, wie ich sie in den Wahnsinn treiben kann.

Ich nicke wieder: »Jep.«

»Wir dachten, es sind noch gar keine Kinder da«, sagt Mama wieder, weil ich nichts sage und sie nicht weiß, wie sie an mich rankommen kann. *So* auf jeden Fall nicht.

Ich kaue auf meiner Unterlippe herum und mein Magen knurrt. Papa springt auf: »Ich hole uns mal ein Eis.«

»Ich will kein bescheuertes Eis.« Ich starre wütend vor mich hin und langsam nervt mich mein eigenes Gegrummel. Also reiße ich mich zusammen und sage ein ganz bisschen freundlicher: »Da, im Waisenhaus, war ein Junge. Der sah irgendwie aus wie ich.«

»Sah er aus wie ein Mädchen?« Mama guckt mich noch intensiver von der Seite an.

Ich schüttle den Kopf. »Nee, er sah aus wie ich, wenn ich ein Junge wäre.«

»Also hatte er kurze blonde Haare?«, fragt Papa und klingt echt interessiert.

»Jep. Und er hat auch eine Nussallergie.«

»Fantastisch!« Papa klatscht in die Hände. »Witzig, oder?«

»Was ist daran witzig?«, fragt Mama. »Der arme Junge!«

»Ich meine ja nur, dass Lisa und dieser Junge beide eine Nussallergie und blonde Haare haben.«

»Ja, aber so eine Nussallergie kann tödlich enden! Bin ich eigentlich die Einzige hier, die das im Blick hat?« Mamas Stimme klingt ganz leicht gereizt, weswegen ich einfach weitererzähle.

»Außerdem hat er am gleichen Tag wie ich Geburtstag«, erkläre ich und füge dann noch hinzu: »Und ich habe eine ganze Walnuss gegessen.«

»Du hast eine Walnuss gegessen?« Inzwischen durchbohrt mich Mamas Blick. »Warum das denn? Du weißt doch, dass du das nicht machen sollst, Lisa!«

»Weil ich mal sehen wollte, ob ich umkippe.«

»Und? Bist du?« Papa durchbohrt mich jetzt von der anderen Seite mit seinen Blicken. Ich sollte aufhören, meinen Eltern mit halben Sätzen eine ganze Geschichte erzählen zu wollen. Also hole ich Luft und lege richtig los. Ich erzähle ihnen die ganze schräge Story. Von Lukas, von Miranda, von meinem Rad, das noch hinter irgendeinem Busch liegt, von meinem allergischen Schock, meiner Gefangenschaft, meinem Handy in der Waschmaschine, meinem Schrankversteck und von Siggi und Lasse, die mir geholfen haben zu entkommen und die uns dringend mal besuchen wollen.

»Na, Mensch!«, sagt Papa nur und ist echt platt, was man so alles erlebt, wenn man mal kurz das Haus verlässt.

Mama streicht mir eine Locke aus der Stirn und fragt besorgt: »Und geht es dir jetzt wieder gut, mein Schatz?«

»Ich denke schon. Auf der Krankenstation haben sie mir

Adrenalin gegeben.« Und nach einer kurzen Pause, weil meine Eltern mich immer noch total entrückt anstarren, will ich wissen: »Seid ihr nicht total verwundert, dass ich heil wieder nach Hause gekommen bin – ohne entführt worden zu sein?«

»Absolut.« Meine Mutter nickt leicht weggetreten.

»Daraus lernen wir, dass nicht jeder gleich entführt wird, wenn er die Straße betritt.« Ich lächle lieb – wie ein Waisenkind, das dringend adoptiert werden möchte.

»Dann laden wir diese beiden doch mal ein, wenn sie gerne zu uns kommen wollen«, schlägt Mama vor und reißt mich aus den Gedanken.

»Wen?«, fragen Papa und ich wie aus einem Mund. Wir haben beide ein bisschen den Anschluss verloren.

»Na, die Jungs aus dem Waisenhaus! Ohne sie hätten sie dich schließlich dortbehalten! Stellt euch das mal vor! Nicht weit von hier, und doch wie vom Erdboden verschluckt.« Mama zieht mich fest an sich und gibt mir einen dicken Kuss auf die Wange.

Gleich darauf zieht Papa mich fest an sich und gibt mir hundert fette Küsse. »Ich will mir das lieber nicht vorstellen! Zum Glück haben wir dich wieder! Die Jungs sollen gerne kommen, dann bedanken wir uns bei ihnen.«

Ja, und dann loben wir sie auch!

»Und ich mache einen Sonntagsbraten«, sagt Mama und dann gucken wir alle rüber zu dem Erdloch, in dem schon bald Goldfische schwimmen werden.

# DU BIST KEIN MÄDCHEN!

Am nächsten Morgen lässt mich Papa vor der Schule aus dem Auto. Ich habe noch nicht mal meine nackten Beine in den Shorts aus der Tür geschoben, da laufen schon Alice und Estelle Hand in Hand an mir vorbei, umhüllt von einer echt heftigen Duftwolke aus superpeinlichem Blumen-Mädchen-Parfüm. Unter uns: Damit verjagen sie auch den letzten willigen Kandidaten. Kein Junge auf dieser Welt ist scharf drauf, mit einem extrem nach Blumenwiese duftenden Mädchen rumzulaufen.

Irgendwann werde ich Alice und Estelle mal den Gefallen tun und sie über diese Wahrheit aufklären. Aber vielleicht auch nicht. Denn offenbar bin ich unsichtbar – es gibt keine logische Erklärung, warum sie mir auch heute wieder nicht zugewunken haben.

»Da ist ja Alice!«, sagt Papa. Er zieht die Augenbrauen hoch. »Ist sie das, die so stark duftet?«

»Ja, und Estelle. Die beiden leeren gerne Parfümflaschen über ihren Köpfen aus. Die denken, Jungs stehen darauf.«

»Sei froh, dass ihr nicht mehr miteinander befreundet seid. Sonst müsstest du das jetzt auch machen.«

Ich verdrehe die Augen, gebe Papa einen Kuss auf die Wange und klatsche die Wagentür zu. Im Strom der Schüler, die gerade von der Bushaltestelle kommen, schlurfe ich in Richtung Schuleingang. Alice und Estelle sind mittlerweile im Schulgebäude verschwunden, nur der intensive Geruch von Rose und Lavendel liegt noch in der Luft.

Leider sitze ich in unserem Klassenraum direkt neben Alice. Die Sitzordnung stammt noch aus der Zeit, in der wir dickste Freundinnen waren. Ich habe unserem Klassenlehrer Herrn Manske schon ein paar Male gesagt, dass ich bitte neben Elias sitzen will, der im Unterricht nichts anderes macht, als mit Buntstift hypermoderne Automodelle zu zeichnen. Aber Herr Manske hört nicht auf mich, weil er mich gerne im Auge behalten will. Er meint, dass ich, wenn ich weiter hinten sitze, nicht mehr aufpasse, sondern aus dem Fenster gucke und vor mich hin träume. Also ehrlich! Als könnte ich nicht vor mich hin träumen, wenn ich direkt vor ihm hocke! Okay, zugegeben, Alice macht es mir nicht gerade leicht, zu träumen. Ihr Gequatsche unterbricht nämlich ständig meinen Lieblingstraum: Wie sie mich anfleht, dass wir bitte, bitte wieder beste Freundinnen sind. Na ja.

Ich packe meine Hefte aus und hebe meine Hand zum Gruß, als Elias schräg hinter mir kurz seinen Kopf hebt und von seiner Zeichnung aufsieht. Er grinst und ich muss leider sagen: Hübsch ist er nicht. Er hat so eine seltsame Frisur, die die Leute vor vierzig Jahren mal hatten. Plus Brille und fester Zahnspange. Ich wünsche ihm darum wirklich, dass er ein erfolgreicher Autodesigner wird. Das ist sein Traum und davon träumt er den lieben langen Tag, während er im Unterricht seine Automodelle mit aufwendigem Farbverlauf zeichnet.

Dann kommt Herr Manske rein und der sieht aus, als hätte er mal bei den drei Musketieren mitgemacht. So längere rötliche Haare und einen Spitzbart. Keine Ahnung, wer Herrn Manske mal den Tipp gegeben hat, so rumzurennen. Aber seiner Frau gefällt's offenbar. Ständig redet er von ›seiner Frau‹ und die beiden scheinen eine ziemlich heftige Liebe zu zelebrieren – was mich wiederum für Herrn Manske freut und mir zeigt, dass Äußerlichkeiten nicht alles sind. Womit wir wieder bei Alice wären, die sich gerade selbst ihre frisch lackierten Fingernägel präsentiert. Sie hat ihre beiden Hände auf der Tischplatte abgelegt und betrachtet voller Stolz ihre roten Nägel. Dazu sagt sie zu Estelle, die rechts neben ihr sitzt: »Ich halte es nicht aus, wie schön sie sind!«

Und Estelle meint total aufgeregt: »Ich lackiere mir meine heute auch noch.«

»Super!«, sagt Herr Manske und setzt sich auf sein Pult. Herr Manske ist so ein Lehrer, der immer mit Kaffeebecher in den Klassenraum kommt, leicht verwirrt ist und grundsätzlich auf seinem Pult hockt. Er klatscht in die Hände, lächelt so glückselig und wirft seine rötlichen Haare nach hinten. »Okay, Leute! Hattet ihr ein gutes Wochenende?«

Er kriegt keine Antwort. Mal abgesehen von mir. Ich nicke.

»Was hast du gemacht?« Herr Manske ist total begeistert, obwohl ich noch gar nichts gesagt habe. Sein Lächeln wird noch breiter und manchmal frage ich mich, warum er so viel Hoffnung in mich setzt.

Ich schlucke. »Ich bin umgekippt.«

»Wow!« Er lacht. »Super Freizeitbeschäftigung.«

Alle lachen.

»Wie bekloppt ist das denn?«, fragt Alice neben mir. Sie ist echt die totale Partybremse. Das werde ich ihr beizeiten mal sagen.

»Und was hast du gemacht, Alice?« Herr Manske beugt sich vor und starrt meiner ehemals besten Freundin direkt in die geschminkten Augen.

»Ich habe für die Schule gelernt.« Aus den Augenwinkeln kann ich sehen, wie toll sie sich jetzt fühlt. Als sei das eine Leistung, für die Schule zu lernen.

Herr Manske nickt und lässt dann seinen Blick über unsere Klasse schweifen. »Ich weiß, dass euch von allen Seiten immer wieder eingebläut wird, dass ihr lernen müsst, um gute Noten zu schreiben. Dass ihr ohne gute Noten verloren seid und keinen vernünftigen Job bekommt. Aber das ist nicht alles im Leben – okay?«

Herr Manske steht von seinem Pult auf, wirft seine Haare nach hinten und spaziert in seiner schwarzen Lederhose zur Tafel. Er nimmt ein Stück Kreide und schreibt auf die Tafel in großen Buchstaben FREIHEIT! Mit einem fetten Ausrufungszeichen. Dann dreht er sich wieder zu uns um. Er sieht uns mit glühenden Augen an, als hätten wir irgendwas Schlimmes verbrochen, und brüllt: »Ich will, dass ihr frei seid.« Er tippt sich gegen den Kopf. »Da oben! Da drin müsst ihr frei sein. Um Ideen zu haben. Um rauszufinden, wer ihr seid. Was ihr könnt. Was ihr wollt. Was ihr geil findet …«

Die Klasse kichert. Keiner unserer Lehrer sagt ›geil‹. Aber Herr Manske lässt sich manchmal hinreißen, so wie jetzt. Er senkt seine Stimme ab, als würde er uns ein mit sieben Siegeln gesichertes Geheimnis verraten: »Gute Noten sind super. Aber kreativ zu sein, ist viel besser.« Er zeigt auf Elias. »So, wie unser Freund Elias, hier! Er ist ein Künstler. Warum? Weil er sich auf das konzentriert, was ihm am meisten Freude macht. Und warum ist er so gut darin? Weil es ihm Freude macht. Er hat etwas gefunden, was ihn ausfüllt. Und ihr alle …« Herr Manske macht so eine jesusmäßige Geste, als würde er uns als Klasse segnen. »Ihr alle solltet etwas finden, was euch ausfüllt – neben der Schule.«

»Was hat der denn genommen?«, höre ich Alice neben mir murmeln. Laut fragt sie: »Können wir jetzt mal mit dem Unterricht anfangen? Ich dachte, wir schreiben in der nächsten Doppelstunde die Deutschgrammatikarbeit und wir haben noch nicht alle Zeitformen …«

Herr Manske hebt die Hand, zum Zeichen, dass sie augenblicklich schweigen soll. Dann holt er tief Luft und erklärt: »Meine Freundin und ich spielen – wie ihr wisst – zusammen in einer Band. Und damit ihr kapiert, was ich mit ›Kreativsein‹ meine, werden wir die Klassenarbeit verschieben, damit ihr an diesem Dienstagabend einen kleinen Klassenausflug unternehmen könnt. Da haben wir mit unserer Band nämlich einen Auftritt …«

Wir notieren uns alle Zeit und Ort, die Herr Manske an

die Tafel schreibt, und dann tut Herr Manske meiner Sitznachbarin den Gefallen und nimmt mit uns die Zeitformen durch. Ständig meldet sich Alice und gibt lauter oberschlaue Antworten. Und gegen Ende der Stunde meint sie zu mir, so, als sei ich plötzlich sichtbar geworden: »Du kommst wohl nicht zum Bandauftritt von Herrn Manske, oder?«

Ich gucke sie an. Total überrascht, dass sie mit mir redet. Aber auch überrascht, dass sie denkt, ich komme nicht zum Auftritt. »Warum sollte ich nicht kommen?«

»Weil du jetzt in der Walachei lebst.«

Ich seufze und als es zur kleinen Pause klingelt und Herr Manske mit seinem Kaffeebecher den Raum verlassen hat, sage ich: »Ich lebe nicht in der Walachei.«

»Wo auch immer. Jedenfalls *Out of Nowhere*.«

»Hä?«

»Das ist englisch.« Alice wirft Estelle einen Blick zu, der eindeutig zu lesen ist. Von wegen, dass ich super peinlich bin. Ich werde Alice jetzt nicht sagen, dass ich nicht verstehen kann, wie ein Mensch sich innerhalb kürzester Zeit von einer witzigen Freundin zu einer kompletten Super-mega-total-*Bitch* (das ist zum Teil auch englisch) verwandeln kann. Ich gucke sie nur durchdringend an, damit sie weiß, dass ich mir meinen Teil über sie denke. Aber das scheint sie nicht zu beeindrucken, denn sie fragt ziemlich laut: »Bist du dir eigentlich sicher, dass du ein Mädchen bist? Ich hab da nämlich so meine Zweifel.«

Estelle schlägt sich die Hand vor den Mund und prustet los. »Das hast du jetzt nicht gesagt, oder Alice?«

Alice, meine alte, allerbeste Freundin, zuckt cool mit den Schultern, packt ihre Deutschsachen zusammen und sagt: »Was denn? Ist doch die Wahrheit.«

Ich gebe zu, ich bin schockiert. Ich weiß nicht warum, aber das, was Alice da eben gesagt hat, tut mir weh. So, als hätte sie mich mit einem vergifteten Pfeil beschossen. Er steckt mitten in meinem Herzen und das Gift brennt und mir schießen die Tränen in die Augen, obwohl ich mir immer wieder sage, wie bekloppt und beschränkt Alice ist. Ich weiß nicht, was an ihrer Frage eigentlich so wehtut? Dass sie so gemein ist? Dass ich ihr nichts getan habe? Dass ich meine gute, alte, beste Freundin vermisse und nicht verstehe, warum sie mich mit Absicht verletzen will? Oder habe ich in Wahrheit Angst, dass ich vielleicht tatsächlich kein richtiges Mädchen bin? Ich meine, zumindest lackiere ich mir nicht die Fingernägel knallrot, überschütte mich nicht mit extrem duftendem Blumenparfüm, habe dafür aber kurze Watte-Haare, die man nicht aufwendig flechten kann. Tatsächlich sehe ich aus wie ein Junge – wie Lasse! Vielleicht bin ich ein Freak und wusste es bisher nicht. Vielleicht ist das der Grund, warum Alice nicht mehr mit mir befreundet sein will: Mit mir stimmt etwas nicht. Darum sind Mama und Papa mit mir aufs Land gezogen. Damit ich in der Stadt nicht ständig gemobbt werde! Ich drehe mich um und gehe wie betäubt rüber zu Elias. Ich setze mich auf seinen Tisch und sage mit zittriger Stimme: »Alice hat echt einen an der Waffel.«

Glücklicherweise guckt Elias nicht hoch, weil er mit

Zeichnen beschäftigt ist. Sonst würde er meine roten Augen sehen. Ich frage unsicher: »Wollen wir uns heute Nachmittag treffen?«

Er schüttelt den Kopf und ich sehe nur seinen Scheitel. »Geht nicht. Ich hab einen Termin in der Autowerkstatt.«

»Und danach?«

»Muss ich auf meine kleine Schwester aufpassen.«

Ist das eine Ausrede? Will Elias auch nichts mehr von mir wissen? Bin ich ihm peinlich und darum guckt er mich nicht mehr an? Um mich herum plappern meine Klassenkameraden wild durcheinander, beißen in ihre Butterbrote, trinken aus ihren Trinkpäckchen, bewerfen sich mit abgegessenen Äpfeln und lachen.

Ich wanke zurück zu meinem Platz. Ich würde jetzt gerne Herrn Manske fragen, was genau ein Mädchen ist. Ob es neben dem Prototyp »Alice« auch noch andere akzeptable Exemplare gibt. Er muss es wissen. Denn er scheint eine coole Frau zu haben, die anders ist als Alice.

# UM SIEBEN BIST DU WIEDER ZU HAUSE!

Als Mama mich mit dem Auto von der Schule abholt, regnet es in Strömen. Trotzdem gehe ich ganz langsam den Weg von der Schule bis zur Straße runter. Aus Protest, weil Alice und Estelle gemeinsam vom Haupteingang Richtung Bushaltestelle rennen und dabei schreien, als würden sie abgestochen werden. »Ah! Meine Haare werden nass!«

Alice benimmt sich wirklich wie der Prototyp eines zimperlichen Mädchens. Ich meine, mit ihrem hysterischen Getue schadet sie dem Ansehen aller Mädchen, die nicht zimperlich sind. Jeder Junge, dessen Weg Alice auch nur ein einziges Mal kreuzt, wird denken, dass Mädchen echt zu nichts zu gebrauchen sind und dass man mit ihnen null Spaß haben kann, weil sie ständig nur an gute Noten und ihre Frisuren denken. Aber das stimmt nicht. Nur Alice und Estelle sind *so* – und zwar, weil sie denken, dass Mädchen *so* sind. Ich frage mich, wer ihnen diesen Bären aufgebunden hat? Oder habe ich womöglich ein falsches Bild davon, wie Mädchen in Wahrheit sind? In dem Fall hätte Alice am Ende leider doch recht: Ich bin kein Mädchen. Aber was – um Himmels willen – bin ich dann?

Mama drückt von innen die Autotür auf, sodass ich schnell einsteigen kann. »Los, hüpf rein, mein Schatz. Du wirst ja ganz nass.«

»Macht doch nichts.« Ich lasse mich neben sie fallen, während mir die Regentropfen aus den Locken fallen und mir mein T-Shirt feucht am Körper klebt.

»Welche Laus ist dir denn über die Leber gelaufen?« Mama sieht mich besorgt an und blinkt, um aus der Parklücke zu fahren.

Ich starre auf die Scheibenwischer, die hektisch hin- und herwedeln, und frage so unbeteiligt wie möglich: »Wieso?«

»Weil du wie ein Häuflein Elend durch den strömenden Regen schleichst.« Mama kurbelt am Lenkrad und wir fahren die regennasse Straße hinunter, während sich der Regen in Sturzbächen über die Windschutzscheibe ergießt und die Lichter der Ampeln nur noch verschwommen zu erkennen sind.

»Na und? Ich bin eben ein Fan von strömendem Regen«, sage ich bockig.

Mama reicht mir ein Taschentuch, damit ich mein Gesicht abtrocknen kann. »Niemand ist ein Fan von Regen.«

»Doch, ich.« Genau wie von Waisenhäusern. Nachdem ich mir mein Gesicht abgewischt habe, werfe ich meinen Schulrucksack nach hinten auf den Rücksitz und stelle die Sitzheizung an, damit mein T-Shirt trocknet. Um von mir und meiner Weltuntergangsstimmung abzulenken, sage ich: »Am Dienstagabend sollen wir übrigens alle zu Herrn Manskes Bandauftritt in die Markthalle kommen.«

»Abends?«

»Sage ich doch! Dienstagabend.«

»Da geht Papa aber mit.«

»Vergiss es! Das ist ein Klassenausflug.«

Mama beugt sich über das Lenkrad und sagt nichts mehr, weil sie durch den strömenden Regen sonst die Straße nicht mehr richtig erkennen kann und weil sie weiß, dass es echt zu viel verlangt wäre, dass ich Papa mit zum Klassenausflug nehme. Und obwohl ich gerade gesagt habe, dass sie das vergessen soll, wünsche ich mir ganz plötzlich, dass sie doch darauf besteht. Und zwar mit der Begründung, dass ich ein MÄDCHEN bin und deswegen abends nicht alleine unterwegs sein sollte. Dann hätte ich wenigstens den Beweis, dass ich zumindest in Mamas Augen ein Mädchen bin.

Aber sie sagt nur: »Dann nimm wenigstens dein Handy mit und sorg dafür, dass du auch zu erreichen bist.«

»Würde ich ja gerne, aber das wurde in der Waschmaschine vom Waisenhaus durchgewaschen.«

»Wie bitte?« Mama starrt mich an und braucht ziemlich lange, um es zu verstehen. »Warum das denn?«

»Hab ich doch schon gesagt: die haben meine Hose gewaschen, weil da kiloweise Erdbeermarmelade drauf war.«

»Dann müssen wir dir jetzt sofort ein neues besorgen.« Mama fährt nicht wie sonst geradeaus weiter, Richtung Autobahn, sondern biegt beim Shoppingcenter ab.

»Mann! Können wir das nicht morgen machen? Ich will nach Hause!« Ich habe nämlich vor, mein Rad bei Lukas wieder abzuholen und dabei mal ganz unauffällig hinter den

Büschen hervorzulugen, ob ich Lasse oder Siggi irgendwo im Garten entdecke. Vielleicht können wir uns ja anfreunden. Jetzt, wo ich offenbar nicht mal mehr Elias als Freund habe. Ich schätze allerdings, die Chancen stehen nicht gerade günstig, die beiden Jungs bei dem Regenwetter im Waisenhaus-Garten anzutreffen. Die hängen bestimmt in ihrem Herrenhaus ab und machen sich mit ihren hundert Freunden einen gemütlichen Nachmittag. Allerdings werde ich da so schnell keinen Fuß mehr reinsetzen, damit die mich nicht wieder dabehalten, weil sie denken, ich sei ebenfalls ein Waisenkind. Auf der anderen Seite kann es natürlich sein, dass die Polizei nach mir sucht, weil die Waisenhausleute glauben, ihnen sei ein Waisenkind abgehauen.

»Meinst du, die suchen nach mir?«, frage ich mit belegter Stimme und habe plötzlich krasse Magenkrämpfe. Die kriege ich ab und an mal, wenn ich psychisch total angespannt bin und mir alles zu viel wird. So nennt Mama das. *Psychisch angespannt*. Solche Begriffe benutzt sie manchmal, weil sie von Beruf so eine Art psychologischer Berater für Familienprobleme ist.

»Wen meinst du?«

»Na, die Polizei.«

»Wieso sollte die nach dir suchen?«

»Weil ich gestern aus dem Waisenhaus abgehauen bin und die Leute da jetzt vielleicht denken, dass ihnen eine Waise abgehauen ist.«

»Ach so.« Mama lächelt unsicher, als sie in das Parkhaus vom Shoppingcenter fährt. Ich sehe ihr genau an, dass sie überlegt, ob ich damit recht haben könnte oder nicht. Sie überlegt ganz schön lange. Erst als wir eine freie Parklücke gefunden haben, schüttelt sie den Kopf und meint mit fester Stimme: »Nein. Ich denke nicht, dass sie nach dir suchen.« Damit scheint das Thema für sie erledigt. Denn sobald sie den Motor abgestellt hat, kramt sie in ihrer Umhängetasche intensiv nach ihrem Portemonnaie und den Autoschlüsseln.

»Und warum nicht?«

»Weil …« Meine Mutter stopft ihr Portemonnaie und den Autoschlüssel in ihre Manteltasche und holt noch ein Salbeibonbon aus dem Handschuhfach. Sie ist süchtig danach. Einmal die Woche singt sie nämlich im Gospelchor. Da muss ihre Stimme einwandfrei geschmiert sein.

»Ja? Weil …?« Ich hasse das an Erwachsenen. Sie fangen irgendwelche Sätze an und sprechen sie nicht zu Ende. Das liegt daran, dass sie im Kopf mit hundert anderen Sachen beschäftigt sind. Bei Mama ist dieses Verhalten besonders krass ausgeprägt, wenn sie Auto fährt oder wir einkaufen sind. Da stammelt sie nur so vor sich hin. Keine Ahnung, worüber sie dann gleichzeitig noch so nachdenkt. Vermutlich, dass die Milch alle ist, dass noch getankt werden muss oder dass Papas Hemden aus der Reinigung abgeholt werden können. Lauter unwichtiger Kram.

Gerade finde ich diese Angewohnheit allerdings besonders anstrengend, weil ich mir wirklich ernsthaft Sorgen mache, dass mich die Polizei plötzlich wie einen Schwerverbrecher im Shoppingcenter packt und vor Mamas Augen abführt, zurück ins Waisenhaus.

Ich frage also noch mal: »Meinst du wirklich nicht, das Waisenhaus hat die Polizei verständigt?«

»Nein.« Mama läuft quer durchs Parkdeck, in Richtung der Aufzüge. Ich hinterher.

»Und warum nicht? Ich meine, wenn die nicht nach weggelaufenen Waisenkindern suchen, ist das ein ziemlich mieses Waisenhaus. Da kann ja jedes Kind einfach abhauen.«

»Aber du bist doch gar kein Waisenkind.« Mama drückt auf den Knopf vom Aufzug und lächelt mich an. Dabei ist sie gar nicht bei der Sache.

»Mama! Das ist wirklich wichtig. Ich meine, hinterher sucht die Polizei nach mir und dann denken die, du bist meine Entführerin.« Mein Herz wummert. Vielleicht steigere ich mich gerade in diese Sache rein, aber auch nur, weil Mama mir nicht richtig zuhört und ich sowieso schon Bedenken habe, dass mit mir grundsätzlich etwas nicht stimmt.

Mama seufzt und sieht mich endlich voll konzentriert an. »Okay. Ich denke nicht, dass die Polizei nach dir sucht. Denn: das Waisenhaus hat über jedes Kind eine Akte angelegt und wenn sie die Anzahl der Akten mit der Anzahl der Kinder vergleichen, werden sie sehen, dass keins der Kinder fehlt und alle mit den Akten übereinstimmen. Okay?«

»Sag das doch gleich.« Ich werfe Mama einen wütenden Blick zu. Als ob sie die Einzige sein darf, die sich komische Sorgen macht. Echt total egoistisch. Ich frag sie bestimmt nicht, ob sie denkt, dass ich vielleicht kein Mädchen bin. Die Antwort will ich gar nicht hören. So von wegen: »Na ja, weißt du …« Und dann driftet sie schon wieder mit ihren

Gedanken ab und ich rätsle herum, was sie eigentlich Welterschütterndes hatte sagen wollen.

Die Aufzugtüren öffnen sich und wir warten, bis eine fünfköpfige Familie mit Kinderwagen ausgestiegen ist. Dann fahren wir zu *MediMax* rauf und kommen eine Stunde später mit meinem neuen GPS-Handy wieder unten beim Auto in der Tiefgarage an.

Mama piepst mit der Fernbedienung im Schlüssel das Auto auf. Dabei zieht sie ihre Augenbrauen hoch und fragt total unvermittelt: »Was genau haben eigentlich die Umbauarbeiten in deinem Zimmer zu bedeuten?«

»Welche Umbauarbeiten?« Ich tue ahnungslos, als wüsste ich nicht genau, was sie meint.

»Ich meine deine abgehängten Vorhänge und den runtergerissenen Tüllhimmel. Dein Einhorn und die Lillifee-Nackenrolle sind auch verschwunden ... Ich meine, Papa und ich haben dir gerade erst mit viel Mühe dein Zimmer so hübsch wie möglich eingerichtet.«

Ich nicke verstehend und steige auf der Beifahrerseite ein: »Ich schätze ich, bin in der Pubertät.«

»Ich denke nicht, dass du in der Pubertät bist«, antwortet Mama ebenso trocken und steigt auf der Fahrerseite ein.

Ich bin einigermaßen von den Socken, dass Mama mir einfach so widerspricht. Das muss ich ja wohl besser wissen, ob ich in der Pubertät bin oder nicht! Darum gehe ich sofort in die Verteidigung, als ich mit Schwung den Anschnallgurt über meine Brust ziehe. »Du willst wohl nicht, dass ich in der Pubertät bin?!«

Aber Mama zuckt nur cool mit den Schultern und fragt: »Was sollte ich dagegen haben?«

»Alle Eltern haben etwas dagegen«, kläre ich sie auf und lasse den Gurt einrasten. »Weil ihre Kinder dann nämlich schrecklich anstrengend werden.«

Da muss Mama lachen und sagt: »Okay! Erwischt! Dann gönnen wir uns doch zur Feier des Tages eine köstliche China-Box.«

Zehn Minuten später fahren wir die Straße runter, beide mit einer ziemlich heißen China-Box auf den Knien. Mama versucht, die Nudeln mit einer Plastikgabel zu essen, weil sie gleichzeitig noch lenken muss. Ich esse mit Stäbchen.

Als wir zu Hause ankommen, scheint die Sonne und die feuchte Straße dampft im gleißenden Licht. Die Bäume scheinen grüner als sonst und der Himmel spannt sich plötzlich knallblau und wolkenlos über uns. Ich schleppe meinen Rucksack in mein Zimmer, lade mein neues Handy auf und nachdem ich die Hausaufgaben gemacht habe, sage ich zu Mama: »Ich geh noch ein bisschen raus.«

Ich will mein Fahrrad wiederholen. Bei diesem Sonnenschein wäre es mehr als möglich, dass Lasse und Siggi draußen sind. Im Übrigen will ich mich bei Lukas und Miranda entschuldigen, dass ich ihren ganzen Teppich mit Erdbeermarmelade versaut und ihnen nicht gesagt habe, wer ich wirklich bin.

Mama räumt in der Küche die Spülmaschine aus. Sie sieht nicht gerade begeistert aus. »Ist das jetzt dein neues Ding? Immer alleine rausgehen?«

»Scheint so.« Ich lächle sie aufmunternd an. »Das bringt die Pubertät mit sich. Ich werde jetzt flügge.« Weiß ich aus dem Sexualkundeunterricht.

»Dann muss ich mich dieser plötzlichen Entwicklung wohl fügen.« Mama seufzt und lächelt aber auch ein bisschen. Irgendwie tapfer. Ich sage doch: Eltern stehen nicht auf Pubertät!

»Scheint so.« Ich lächle noch breiter, um meiner Mutter ein gutes Gefühl zu geben. In Gedanken bin ich allerdings schon auf dem Weg zum Waisenhaus. Ich bin ziemlich aufgeregt, was mich dort erwartet. Jetzt will Mama allerdings meine volle Aufmerksamkeit, weil *sie* es ist, die sich nun Sorgen macht.

»Nimm aber dein Handy mit.«

»Geht klar.«

»Und lass es nicht wieder in der Waschmaschine durchwaschen.«

»Haha.«

»Um sieben gibt es Essen.«

»Okay.«

»Wann gibt es Essen?« Mama sieht mich durchdringend an.

»Was?« Ich gucke sie ratlos an. Ich habe nicht zugehört.

»Ich habe gesagt, du sollst um sieben zu Hause sein. Keine Sekunde später. Sonst schalte ich die Polizei ein und lasse dich tatsächlich suchen. Verstanden?«

Ich nicke und umarme meine Mutter ganz fest. Dabei gebe ich ihr einen dicken Kuss auf die Wange, weil ich ihr echt dankbar bin, dass sie mich gehen lässt, obwohl ihr ja eigentlich mulmig zumute ist. Das ist bestimmt nicht leicht für sie. Dann laufe ich im hellen Sonnenschein die dampfende Straße hinunter, Richtung Waisenhaus. Und zum ersten Mal, seitdem wir hier wohnen, denke ich, dass die Gegend eigentlich doch ganz cool ist. Denn außerhalb der Siedlung wartet spürbar das Abenteuer. Dort beim grasbewachsenen Hügel beginnt eine geheimnisvolle Welt, die mich magisch anzieht und mein aufgeregtes Herz beinahe zum Bersten bringt.

# WAHNSINN, WIE ÄHNLICH IHR EUCH SEHT!

Ich grinse den Omis und Opis zu, die rechts und links in ihren Gärten an den Pflanzen rummachen, als ich im Eiltempo an ihnen vorbeijogge. Ich frage mich, was die Leute eigentlich ständig mit ihren Pflanzen haben? Als würden die nicht von alleine wachsen. Aber na ja. Ist ja nicht meine Sache. Solange die Hundertjährigen Spaß dabei haben, will ich mal nicht so sein.

Als ich den grasbewachsenen Hügel mit dem Waisenhaus erreiche, verlangsame ich mein Tempo. Besser, Lasse oder Siggi erwischen mich nicht dabei, wie ich ungebremst in ihre Richtung stürme. Das wirkt dann schnell mal so, als hätte ich Sehnsucht nach ihnen. Ich laufe also ganz gemächlich, um auch ein bisschen wieder zu Atem zu kommen. Auf den Stufen vor dem Eingang hocken eine Handvoll Kinder in kurzen Hosen und T-Shirts. Aus dem Augenwinkel werfe ich ihnen einen prüfenden Blick zu. Ganz ehrlich: Rein äußerlich sind sie nicht als Waisenkinder zu entlarven. Die sehen ganz normal aus. Die haben auch alle ein Handy in der Hand, auf deren Displays sie weggetreten herumtippen.

Ich marschiere an ihnen vorbei, wobei ich meinen Blick

jetzt weit hinaus in die Unendlichkeit richte. So, als würde ich mich hier ganz wunderbar auskennen. Und dann verschwinde ich auch schon ums Haus herum und in den flirrenden Garten hinein.

Leute! Das ist das Paradies!

Auf dem Ententeich paddeln ein paar Jungs in einem Ruderboot direkt ins Schilf. Weiter hinten auf der Wiese sitzen ein paar Kinder in den Apfelbäumen und rundherum spielen noch welche Fußball. Die Schmetterlinge flattern über die blühenden Büsche hinweg, die Sonne knallt vom Himmel und wie aus dem Nichts rast plötzlich ein Junge wie *Speedy Gonzales* an mir vorbei. Ich kann es nicht beschwören, aber ich glaube, es war Lasse. Ihm dicht auf den Fersen folgt Siggi und brüllt: »Bleib stehen, du Pflaume!«

Aber Lasse rennt weiter, Richtung Wäldchen. Er ist ziemlich schnell, als würde er das trainieren. Siggi immer hinterher: »Bleib endlich stehen!«

Aber Lasse hört nicht. Er rast einfach weiter. Hinter Siggi tauchen nun auch noch zwei Frauen auf, die das Laufen offenbar nicht so oft trainieren. Sie keuchen hinter Siggi und Lasse her und rufen mit atemlosen Stimmen: »Bleib sofort stehen! Wir wollen doch nur mit dir reden!«

Tatsächlich bleibt Lasse abrupt stehen, kurz bevor er im Wäldchen verschwunden wäre. Langsam dreht er sich um und kommt mit hängendem Kopf zurückgeschlichen. Siggi stoppt auch und ringt nach Luft. Er wartet, bis Lasse an ihm vorbeigeschlurft ist. Dann schließt er sich ihm an, bis sie wiederum gemeinsam die beiden Frauen erreicht haben, die

Lasse mit so einem Anflug von Wut angucken. Manometer! Die scheinen richtig sauer! Aber sie versuchen trotzdem zu lächeln. Offenbar um die Angelegenheit friedlich zu klären.

Ich bewege mich unauffällig in ihre Richtung, um zu hören, was sie da gerade reden. Ich drücke mich ins Grün von einem der riesigen Rhododendren und höre, wie die Frau mit dem blonden Pferdeschwanz fragt: »Lasse! Was soll das? Warum läufst du immer weg, sobald mal etwas nicht so läuft, wie du es dir vorstellst?«

Lasse guckt zu Boden und Siggi presst die Lippen aufeinander, dabei knackt er mit seinen Fingern. Scheint eine nervöse Angewohnheit von ihm zu sein. Er sieht so aus, als wollte er für Lasse antworten. Aber ich schätze, er weiß, dass das gerade alles andere als erwünscht ist.

»Hallo! Wir reden mit dir!« Die andere Erzieherin mit den langen brauen Haaren klingt nun ganz leicht ungeduldig und tippt Lasse an der Schulter an, während ihr vom Laufen feine Schweißperlen auf der Stirn stehen.

Warum raffen Erwachsene eigentlich nicht, dass sie mit dieser entblößenden Fragetechnik bei Kindern nie etwas erreichen werden? Da lobe ich mir meinen Lehrer Herrn Manske. Der nimmt einen immer total ernst. Aber diese beiden Erzieherinnen sind in dieser Disziplin wohl noch nicht so geübt. Obwohl so eine gewisse pädagogische Begabung gerade für Waisenhausbetreuerinnen unverzichtbar ist. Na, dann *buenas noches*! Gut, dass ich kein Waisenkind bin!

Lasse starrt immer noch auf den sandigen Weg und kickt gegen ein paar imaginäre Steinchen.

»Das kann doch nicht so schwer sein, uns zu verraten, warum du immer abhaust?! Du musst lernen, zu sprechen, wenn du dich ungerecht behandelt fühlst«, meint die mit dem Pferdeschwanz. »Okay?«

Endlich guckt Lasse hoch und zuckt nur minimal mit den Schultern. Jetzt hält es Siggi nicht mehr aus. Er räuspert sich und meint: »Ich denke, Lasse wusste nicht, dass er das Fahrrad nicht benutzen darf.«

Sofort sehen ihn die beiden Erzieherinnen streng an, wie zwei ferngesteuerte Wesen. Die machen wirklich alles zeitgleich. Sieht irgendwie irre aus. Wie aus einem Mund erklären sie: »Du hältst dich da bitte raus, Siegmund!«

Siegmund??? Siggi heißt echt Siegmund? Ach du heilige Matschbanane! Ganz ehrlich! Der Name ist heftig!

Und zu Lasse sagen sie so bemüht geduldig: »Also, Lasse? Was hast du als Erklärung vorzubringen, warum du einfach das Rad genommen hast, obwohl es dir nicht gehört?«

Lasse guckt zur Seite und seine Augen treffen direkt meine. Vor Schreck grinse ich und hüpfe eilig hinter den Rhododendron. Mein Herz klopft so heftig, dass ich nicht mehr verstehe, was er antwortet. Ich nehme an, er hat sich entschuldigt. Denn während ich hinter dem Busch stehe und mir befehle, mich augenblicklich zu beruhigen, kommen Lasse und Siggi schon um die Kurve. Sie gucken mich irgendwie erfreut an. Jedenfalls kommt es mir so vor. Siggi zieht cool den einen Mundwinkel nach oben und fragt mit seiner tiefergelegten Gangsterboss-Stimme: »Na, *Sugar*! Du hast uns wohl vermisst?«

Ich tippe mir gegen die Stirn. »Quatsch.«

»Was machst du dann hier?«

»Ich … ich wollte nur mein Fahrrad abholen.«

Lasse macht einen Schritt auf mich zu. Gleich verdunkelt sich wieder sein Gesicht. »Redest du etwa von diesem gelben Scheiß-Fahrrad, das da nicht angeschlossen am Gärtnerschuppen gelehnt hat?«

»Ich hab es nicht da hingestellt«, sage ich so unbeteiligt wie möglich, weil ich ahne, dass Lasse wegen meinem gelben Scheiß-Fahrrad, wie er es nennt, Ärger bekommen hat.

Aber er lässt mich nicht aus der Nummer raus. »Ist das dein Rad? Ja oder nein?«

»Vermutlich – ja«, sage ich und lächle möglichst ungezwungen. »Wieso?«

Siggi schüttelt langsam den Kopf und seufzt: »Kannst du uns erklären, wie dein verdammtes Rad hierherkommt und warum du es nicht anschließt?«

Bevor ich antworten kann, redet Siggi allerdings gleich weiter. »Dein verdammtes Rad hat unserem lieben Lasse hier ganz schön Probleme eingehandelt. Zukünftig wäre es besser, wenn du deine Sachen etwas mehr im Auge behältst, sonst … sonst …« Siggi guckt mich warnend an.

»Ja?«, frage ich heiser. »Was sonst?«

»Du weißt schon. Sonst halt …« Siggi presst die Lippen zusammen und bläst die Luft durch die Nase aus. Soll wohl gefährlich aussehen. Dazu knackt er noch mal mit den Fingern. »Sonst passiert was.«

»Okay«, verspreche ich. »Und was?«

»Herrje! Willst du immer alles so genau wissen?«

Ich sage: »Ja. Du nicht?«

Lasse fährt sich durch seine hellblonden Wattehaare. »Das Rad gehört also dir?«

Ich nicke. »Damit bin ich gestern hergekommen. Aber dann habe ich ja, wie gesagt, bei Lukas dem Gärtner die Nuss gegessen und bin umgekippt.«

»Verstehe.« Lasse versucht mit aller Macht ernst auszusehen. Aber es gelingt ihm nicht so richtig. Weil seine Augen strahlen und sein Mund lächelt. Schätze, er findet die Sache mit der Nuss richtig witzig. Er sagt: »Wir … also ich dachte, es ist ein Waisenhaus-Rad und hab es mir genommen, um damit ein bisschen rumzucruisen.«

»Was hast du damit gemacht?«

»Er ist damit rumgecruist.« Siggi schüttelt schon wieder leicht den Kopf, als sei ich minderbemittelt. Aber ich nehme es ihm nicht übel, weil er mich trotzdem irgendwie begeistert ansieht. »Das ist englisch.«

»Klar. Weiß ich doch.« Ich grinse. »Von mir aus könnt ihr auf meinem Rad so viel herumcruisen, wie ihr wollt.«

»Sag das mal den beiden Tussis.« Lasse macht eine Kopfbewegung Richtung Klettergerüst, wo die beiden Erzieherinnen gerade dabei sind, kleineren Kindern beim Klettern zu helfen. »Die sind voll abgegangen, weil sie dachten, wir nehmen uns einfach ungefragt das Rad vom Gärtner. Als würde der auf so 'nem winzigen Rad fahren …«

»Soll ich es ihnen jetzt gleich sagen?«

»Nein, später.« Siggi zieht mich hinter sich her, zwischen

den hohen Büschen hindurch, Richtung Wäldchen. Lasse folgt uns.

Ich frage: »Wohin gehen wir?«

»Außer Sichtweite. Dein Rad können wir nachher noch holen. Die Erzieherinnen sollen sich erst mal wieder beruhigen.«

Wir laufen schweigend in der Deckung der Büsche und Bäume durch das hohe Gras, bis wir das Wäldchen erreichen. Ein Stück den Weg runter, steht unter einer dicken Eiche eine rote Bank. Natürlich setzen wir uns nicht wie normale Menschen auf die Sitzfläche, sondern auf die Lehne. Wir gucken über uns in die flirrenden Baumkronen, die blinkende Lichtreflexe auf uns niederregnen lassen. Die Amseln zwitschern in den Ästen und es ist ein ganz großartiger Sommernachmittag.

»Ich halte es nicht aus, wie ähnlich ihr euch seht«, sagt Siggi noch mal. »Das ist krass verwirrend. So, als würde ich die ganze Zeit schielen.«

Lasse zieht die Stirn kraus: »Frag mich mal! Mir kommt es so vor, als würde ich die ganze Zeit in den Spiegel gucken.«

»Stimmt!« Siggi verzieht wieder so cool den Mund, als fände er es irgendwie schick, dass Lasse und ich identisch aussehen. Womit wir wieder bei meinem Top-Thema wären. Ich schlucke und quetsche mutig hervor: »Findet ihr, ich sehe aus wie ein Junge?«

»Nun ja, wie ein Mädchen siehst du jedenfalls nicht gerade aus«, sagt Lasse prompt und guckt an mir vorbei in den Wald hinein.

»Was soll er auch sonst sagen?«, lacht Siggi. »Schließlich seht ihr euch zum Verwechseln ähnlich.«

»Willst du damit sagen, ich sehe aus wie ein Mädchen?« Lasse springt von der Bank und stiert Siggi und mich böse an. Ich muss sagen, der Typ ist echt schnell auf hundertachtzig.

»Ich will damit überhaupt nichts sagen.« Siggi gibt sich alle Mühe, seine Stimme ruhig klingen zu lassen, so, als wollte er Lasse beschwichtigen. Aber das wirkt nicht so richtig. Mit Wucht tritt Lasse gegen die Bank. Dann bückt er sich nach einem herumliegenden Ast und schleudert ihn dicht über unsere Köpfe hinweg gegen einen dicken Baumstamm, sodass der Ast zurückfliegt und mich am Arm streift.

»Aua!«

»Lasse! Jetzt reicht es aber!« Siggi springt ebenfalls von der Bank und klingt ziemlich aufgeregt. »Du hast Lisa am Arm verletzt! Was, wenn der Ast sie am Kopf getroffen hätte?«

Und – zack – dreht sich Lasse schon wieder um, rennt mit fliegenden Fahnen los und verschwindet im grünen Dickicht.

»Dreht der immer so schnell durch?«, frage ich vorsichtig und betrachte meinen aufgeschürften Arm.

»Allerdings.« Siggi lässt sich wieder neben mich fallen. »Das nervt richtig. Bei ihm musst du mit Kritik absolut vorsichtig sein. Keine Ahnung, was bei dem in der Kindheit schiefgelaufen ist.«

»Äh?« Ich sehe Siggi mit großen Augen an. Unter uns: Ich

schätze, bei Lasse ist in der Kindheit so ziemlich alles schiefgelaufen. Ich meine, er ist ein Waisenkind! Da kann man schon mal die Nerven verlieren.

»Ich weiß, was du denkst«, murmelt Siggi. »Dass man als Waisenkind automatisch einen an der Waffel haben muss.«

»Das habe ich nicht gesagt.«

»Aber du hast es gedacht. Du denkst, dass wir alle die totalen *Loser* sind, weil unsere Eltern tot sind.«

Ich schüttle den Kopf. Das habe ich wirklich nicht gedacht. »Ich meine nur, dass ihr es alle bestimmt nicht leicht gehabt habt.«

»Hast du es denn leicht gehabt?«, fragt Siggi, die Augen zu schmalen Schlitzen zusammengekniffen.

»Na ja, bisher dachte ich, ich hätte die härteste Kindheit aller Zeiten gehabt, aber eure war bestimmt noch härter.«

»Da kannst du recht haben«, seufzt er. »Wie du weißt, wurde mein Vater von seinen Feinden gekillt. Aber deswegen drehe ich noch lange nicht ständig durch.«

»Vielleicht kannst du mit krassen Vorfällen besser umgehen als Lasse?«

»Ja, ich denke, damit könntest du recht haben. Er ist ziemlich sensibel … Wie ein Mädchen.« Siggi grinst, zum Zeichen, dass er nur einen Scherz gemacht hat.

Ich grinse auch und dann schweigen wir beide. In meinem Kopf schwirrt noch immer die Frage, ob ich wie ein Junge aussehe. Dabei könnte ich mir die Frage super leicht selbst beantworten. Denn: Ich sehe aus wie Lasse und Lasse sieht definitiv nicht wie ein Mädchen aus.

»Okay. Und jetzt zu deiner Frage, ob du wie ein Junge aussiehst«, sagt Siggi plötzlich, als könnte er Gedanken lesen. Er holt tief Luft, von wegen, dass er mir jetzt eine ganz unschöne Wahrheit sagen muss. »Also … ich denke …«

»Ja?«, hauche ich mit heftigem Herzklopfen. »Was denkst du?« Plötzlich ist mir kalt. Auf meinen nackten Armen bildet sich Gänsehaut und der Himmel über den Baumwipfeln ist auch nicht mehr ganz so strahlend blau, sondern eher grau, so, als würde es bald wieder zu regnen anfangen.

»Ich denke, du siehst schon mal nicht hundertprozentig aus wie ein Junge.«

»Was soll das denn heißen?« Ich zittere und mein aufgeschürfter Arm brennt.

»Das soll heißen, dass du irgendwie wie ein Junge und wie ein Mädchen aussiehst.« Siggi lächelt milde. Eins kann man ihm lassen, er steht drauf, die absolute Wahrheit zu sagen. Egal wie unangenehm sie auch ist. Er ist also definitiv vertrauenswürdig. Darum traue ich mich jetzt auch, ihm die nächste oberpeinliche Frage zu stellen:

»Glaubst du, ich … ich bin beides?«

»Hä? Das musst du doch selber wissen.« Siggi sieht mich leicht verstört an. Aber auch neugierig.

»Eigentlich weiß ich, dass ich ein Mädchen bin. Aber heute hat meine ehemals beste Freundin in der Schule gesagt, dass sie so ihre Zweifel daran hat …«

»Wieso hat sie ihre Zweifel daran?« Siggis Augen werden immer größer, als erwarte er, dass ich ihm jetzt gleich ein Hammer-Geheimnis offenbare.

»Weil ich mir nicht die Nägel rot lackiere und mich nicht mit extrem duftendem Parfüm überschütte«, sage ich und komme mir plötzlich so was von albern vor. Mit einem Mal erkenne ich, dass Alice kompletten Quatsch geredet hat und ich mich von ihr so richtig habe verunsichern lassen. Das war genau das, was sie wollte. Aus irgendeinem ganz bestimmten Grund scheint sie wirklich mächtig sauer auf mich zu sein. Das wird mir schlagartig klar. Erleichtert strahle ich Siggi an und sage: »Danke! Du hast mir gerade sehr geholfen.«

»Tatsächlich?« Er sieht so aus, als würde er es mir nicht so recht glauben.

»Jep.« Ich atme tief ein und aus. Das Leben fühlt sich gut an, wenn man weiß, wer man wirklich ist. Darum sage ich mit fester Stimme: »Ich bin ein Mädchen. Alles klar?«

»Alles klar, *Sugar.*« Er macht das Daumen-hoch-Zeichen. »Das sind Top-Nachrichten!«

»Ich sehe nur nicht so aus, weil meine Mutter Angst hat, dass ich entführt werde, wenn ich zu niedlich bin. Das ist ihr nämlich beinahe als Kind passiert.«

»Okay.« Siggi nickt, als hätte ich nicht mehr alle Tassen im Schrank. »Klingt nach einem vernünftigen Plan.«

Ich rutsche von der Bank. »Dann werde ich jetzt mal mein Rad holen und nach Hause fahren, damit meine Mutter sich keine Sorgen macht, dass ich doch entführt worden bin.«

Siggi steht auch auf. »Apropos: Was ist jetzt mit einem Besuch bei euch zu Hause?«

»Ist gebongt«, sage ich. »Meine Eltern freuen sich und

meine Mama hat gesagt, sie macht dann extra einen Sonntagsbraten.«

»Gibt's dann vielleicht auch noch ein kleines Dessert zum Abschluss?«

»Wenn du willst?! Meine Mutter macht eine sehr gute Mousse au Chocolat?«

»Was auch immer. Hauptsache, keinen grünen Wackelpudding! Davon muss ich kotzen.«

»So etwas Ungesundes wirst du nie bei uns kriegen.«

»Perfekt! Du hast absolut vorbildliche Eltern! Und sehen wir danach noch einen Film zusammen?«

»Klar.«

»Cool.« Siggi steckt die Hände in die Hosentaschen und sein Gang ist plötzlich ganz leicht. So, als hätte er im Lotto gewonnen. »Ich fänd's gut, wenn wir dann alle zusammen auf eurem Sofa sitzen.«

Bevor wir aus dem Schatten des Wäldchens in die Dämmerung heraustreten, kommt Lasse plötzlich mit meinem Rad aus den Büschen hervor und gesellt sich zu uns. Er stupst mich mit der Schulter an und meint mit so lässiger Stimme: »Hier. Ich hab was für dich.«

# WAS IST DEIN PROBLEM?

Am Dienstagabend setzt mich Papa an der Ecke von der Markthalle ab. Die Markthalle ist das Veranstaltungszentrum unserer Stadt. Für gewöhnlich finden hier echt schräge Aufführungen statt. Mit der Klasse waren wir schon ein paar Male vormittags hier. Einmal haben wir uns drei Stunden lang von irgendwelchen Leuten Balladen vortragen lassen. Die Bühne war so gut wie nicht beleuchtet. Auf dem Boden standen nur ein paar Kerzen herum. Das Ganze war ziemlich gespenstisch. Weswegen ich bei der Ballade vom Erlkönig dann auch fast zu viel gekriegt hätte. Die Geschichte ist richtig heftig. Darin geht es um einen Vater, der mit seinem sterbenden Sohn durch den dunklen eisigen Wald reitet. Das Kind fleht und wimmert seinen Vater um Hilfe an, weil es natürlich nicht sterben will. Aber es ist nichts zu machen. Der letzte Satz heißt: »In seinen Armen das Kind war tot.« Daran muss ich jetzt wieder denken, als ich auf den Eingang zugehe, wo schon meine gesamte Klasse herumsteht. In der Mitte meiner Mitschüler strahlen Alice und Estelle um die Wette. Zur Feier des Tages haben sie sich richtig aufwendig gestylt. Als würden die gleich einen Auftritt bei *Let's Dance* haben. Heftiges Show-Make-up und hochgesteckte Haare. Elias ist gar nicht zu sehen. Wehe, der kommt nicht! Dann zweifle ich wirklich am Fortbestand unserer Freundschaft. Als ich mich der Gruppe anschließe, die gerade von einem riesigen Typen mit Bart und volltätowierten Armen in die Markthalle geführt wird, drehen sich Alice und Estelle demonstrativ weg. Als hätte ich vor, mich an sie zu hängen. Ich möchte echt mal wissen, was genau ich den beiden getan habe? Die sind wirklich rätselhaft. Ich tapse hinterher und bereue schon wieder, dass ich überhaupt hergekommen bin. Auf der anderen Seite will ich von Herrn Manske und seiner Frau lernen, wie man frei im Kopf wird.

»He, warte!« Jemand zieht mich von hinten am Arm und ich laufe gegen die zufallende Glastür.

Obwohl mein Kopf wehtut, als hätte ich eine Abrissbirne dagegen bekommen, drehe ich mich um. Hinter mir steht erfreulicherweise Elias und grinst mich entschuldigend an. »Mist. Hast du dir wehgetan?«

»Geht schon. Mir ist nur leicht schwindelig.«

»Tut mir leid. Ich wollte nur nicht ohne dich da rein.« Elias und ich quetschen uns als Letzte in die Eingangshalle von der Markthalle, wo sich ein Haufen Fünfzigjähriger in Lederklamotten, langen Haaren, Bärten und Tattoos herumdrückt und Bier trinkt.

»Scheiße! Was ist das denn? Der Planet der Affen?«, kichert Elias neben mir, der in seinem *Angry-Nerds*-T-Shirt klamottentechnisch ganz schön aus dem Rahmen fällt, genau wie unsere restliche Klasse. Wir alle tragen irgendwelche bunten T-Shirts, Turnschuhe und Susi hat sich sogar eine hübsche Bluse angezogen. Aber das ist egal. Momentan freue ich mich, dass wenigstens zwischen Elias und mir alles in Ordnung zu sein scheint.

Bevor ich sagen kann, dass das vermutlich das *Team der Freidenker* ist, quetscht sich Herr Manske in unsere Mitte und strahlt uns schon wieder auf seine ganz speziell glückselige Art an. »Wow! Cool, dass ihr alle da seid.«

Er klatscht in die sommersprossigen Hände und wirft seine Musketier-Haare nach hinten. Dann gibt er dem riesigen Typen mit dem Bart ein Zeichen und erklärt: »Bernie bringt euch jetzt ganz nach vorne an die Bühne. Damit ihr während unserer Show nicht zerquetscht werdet, wird er ein Auge auf euch haben.«

»Nee, klar!«, murmelt Elias neben mir und kichert jetzt richtig los, wobei seine Stimme immer so kleine hohe Kiekser macht. Herr Manske strahlt ihn glücklich an. »Super, dass ihr alle gut drauf seid! Denn dies ist ein Rock-Konzert, alles klar? Schnallt euch an, es wird gleich richtig abgehen.«

»Klar! Wir schnallen uns an!« Elias biegt sich neben mir inzwischen vor Lachen und ich muss auch ziemlich grinsen. Ich hab das Gefühl, Herr Manske lebt echt auf einem anderen Planeten, der schon vor Millionen von Jahren untergegangen ist. Er legt seinen Arm um mich und ruft unserer Klasse zu: »Let's rock! And shake your head!«

Jetzt kann Elias nicht mehr. Er kniet neben mir auf dem Boden und es sieht so aus, als ob er vor Lachen weinen muss. Im Augenwinkel habe ich Alice und Estelle, die plötzlich total verunsichert gucken. Genau wie unsere restliche Klasse. Ich schätze, die wissen alle gerade gar nicht, wie ihnen geschieht. Vor mir flüstert Nana in Lindas Ohr: »Meinst du, wir werden zerquetscht?«

Linda zuckt mit den Schultern und dann verschwindet Herr Manske wieder *Backstage*, wie er es nennt und Bernie gibt uns einen Wink, dass wir ihm durch die Menge der über Fünfzigjährigen folgen sollen. Als wir in den schummrig erleuchteten Konzertsaal reinkommen, werden wir augenblicklich von nicht mehr ganz nüchternen Fans hin und her geschubst. Obwohl Herr Manske mit seiner Band noch gar nicht losgelegt hat, sind diese haarigen Männer und Frauen schon ziemlich aus dem Häuschen. Sie grölen, hüpfen herum, klatschen sich auf die Schultern und ein paar von ihnen knutschen hemmungslos. Wenn das Mama und Papa wüssten! Denen würden ganz schön die Haare zu Berge stehen. Hahaha! Wenn *so* das Freidenkertum aussieht, weiß ich nicht, ob das was für mich ist. Ich sehe mich in der Zukunft eher nicht in schwarzen Lederklamotten, mit schwarzumrandeten Augen und einer Zigarette im Mundwinkel. Na ja, mal sehen, was noch kommt. In jedem Fall will ich offen sein für das, was als Nächstes passieren wird.

Im Entenmarsch folgen wir Bernie hin zur Bühne. Als wäre er ein Verkehrspolizist, macht er Handzeichen, dass wir uns alle entlang der Bühne stellen sollen. Im Abstand von ein paar Metern bauen sich zwischen uns plötzlich breitschultrige Typen mit orangen Leuchtwesten auf, auf denen *Security* steht. Eins muss ich Herrn Manske lassen. Er hat echt vorgesorgt, dass uns – seiner Klasse – ja nichts passiert. Obwohl ich das etwas übertrieben finde. Ich meine, wir sind bei einem Konzert. Was kann da schon schieflaufen, außer dass uns irgendwelche ausgeflippten Leute ordentlich Bier über den Latz kippen und unsere Eltern später denken, wir hätten heimlich mit Herrn Manske Alkohol gesüppelt?

Elias und ich sehen uns an und verdrehen ein bisschen die Augen, als über die Bühne Lichtkegel schießen und dichter Nebel aus Düsen in die Halle gepustet wird. »Wow!«, schreie ich in Elias' Ohr mit ironischem Unterton. »Ist ja echt wild!«

Hinter uns kreischen die alten Leute los. Sie hüpfen auf und ab und klatschen in die Hände, als würde gleich Lady Gaga oder so auftreten.

»Richtig cool«, brüllt Elias zurück und verdreht noch mehr die Augen, damit klar ist, dass wir diese Veranstaltung eigentlich richtig peinlich finden. Auf der anderen Seite müssen wir kichern, als wir sehen, dass Alice und Estelle sich plötzlich erschrocken an den Händen fassen und gar nicht mehr so selbstsicher aussehen. Als dann auch noch so ein kreischiger Gitarrensound erklingt, zucken sie heftig zusammen. Ich hingegen reiße meine Augen auf. Elias steht neben mir und mit einem Mal fängt auch er an zu hüpfen. Ich hüpfe auch, weil jetzt immer mehr heftige Gitarrenklänge aus den Boxen kommen. Dann geht noch ein Scheinwerfer auf der Bühne an. So ein richtiger Spot, der von oben direkt auf ein riesiges Schlagzeug fällt, hinter dem ein dicker Typ mit Glatze sitzt. Er hebt seine volltätowierten Arme. Dann lässt er ganz plötzlich seine Hände mit den Trommelschlegeln runtersausen und drischt superheftig auf seine Becken und Trommeln ein, dass es nur so um uns herumsaust. Mein Herz schlägt aufgeregt. Meine und Elias' Augen sind riesig. Wir hüpfen rauf und runter, hinter uns springt die Menge rauf und runter, ein paar Meter von uns entfernt hüpft Susi in ihrer Rüschenbluse rauf und runter – und plötzlich kommt Herr Manske in seinen schwarzen Lederklamotten wie ein Kugelblitz auf die Bühne gefegt. Mit einer Gitarre umgehängt. Er haut voll in die Saiten, schüttelt sein rotes Haar und keine zehn Sekunden später macht er eine Art Spagat-Sprung und landet auf seinen Knien. Er hat so viel Schwung, dass er quer über die Bühne bis ganz an den Rand rutscht. Hinter ihm im Nebel taucht eine wunderschöne Sängerin mit wallendem blonden Haar auf.

»Wow!«, kreischt Elias. »Ist das etwa Herrn Manskes Freundin?«

»Frau!«, brülle ich zurück. »Ich glaube, sie sind verheiratet!«

»Nee, er hat immer nur von seiner ›Freundin‹ geredet«, kreischt Elias zurück und sieht dabei irgendwie wahnsinnig aus. Ich schätze, er hat sich gerade gnadenlos in Herrn Manskes wunderschöne Freundin verknallt.

Elias kreischt: »Sie ist ein Engel.«

Und dann fängt »der Engel« in seinen engen weißen Hosen und dem schwarzen T-Shirt an zu singen – und zwar echt wie ein Engel. Herrn Manskes Freundin hat die schönste Stimme, die ich je gehört habe. Total warm und dunkel. Sogar schöner als Mamas Gospel-Chor-Stimme. Und das soll schon was heißen! Elias ist wohl ähnlich verzaubert, weil er nur noch wimmert: »Ich sterbe! Ich sterbe!« Dabei klammert er sich an meinem Arm fest. Langsam reicht es mir mit seinem plötzlichen Wahnsinn und ich brülle in sein Ohr: »Darf ich dich daran erinnern: sie ist mindestens dreimal so alt wie du!«

»Egal!« Mein guter alter Schulfreund grinst debil durch seine Brillengläser. Hinter uns tobt die Menge, schräg links von uns können Estelle und Alice ebenfalls gerade nicht fassen, was für eine Beautyqueen Herr Manske sich an Land gezogen hat. Ihre ungläubigen Blicke und ihre offenen Münder sprechen Bände. Ich bin auch ziemlich platt. Herrn Manskes Freundin hat echt Charisma.

Sie steht einfach nur da und singt auf Englisch von einem geliebten Freund, den sie verloren hat und nicht weiß, wie sie ihn erreichen kann. Immer wieder fragt sie, ob sich dieser gute Freund nicht an ihre besondere Freundschaft erinnert und dann fragt sie noch, was sie ihm eigentlich getan hat, dass er sich von ihr abgewendet hat? Beim heftigen Refrain rast Herr Manske mit seiner Gitarre wieder nach vorne, direkt auf uns zu, schmeißt sich erneut auf die Knie und brüllt ins Publikum: »What's your problem?«

Dabei zeigt er zuerst auf Alice. Dann auf noch ein paar andere Leute weiter hinten im Publikum. Und mit einem Mal habe ich das Gefühl, Herrn Manskes Freundin und Herr Manske singen von Alice und mir und unserer zerstörten Freundschaft. Und tatsächlich könnte ich Alice direkt mal fragen: »Was ist eigentlich dein Problem?«

»Sie ist der Hammer!«, kreischt Elias in mein Ohr. »Ich hab total Gänsehaut.«

Er guckt mich mit tellergroßen Augen begeistert an. So, als sei er plötzlich erleuchtet. Er strahlt so sehr von innen, dass ich denke, dass bei ihm womöglich gleich eine Sicherung durchbrennt. Ich lächle milde. Ich finde es faszinierend, dass Herr Manske und seine Freundin einen Song singen, der so sehr von meinem Leben erzählt. Ich glaube, ich habe jetzt verstanden, was Herr Manske mit ›Freiheit im Kopf‹ und ›Kreativsein‹ meint. Nämlich: dass wir alle irgendwie miteinander verbunden sind und dass daraus eine große Kraft entsteht. Irgendwie so. Ich atme tief ein und aus und ich brülle zurück: »Gut, dass wir hier sind!«

Elias nickt und gerade als er noch irgendwas zurückkreischen will, hört Herrn Manskes Freundin auf zu singen. Das Publikum pfeift und klatscht und die Stimmung ist einfach nur super. Besonders, als mir plötzlich eine langhaarige Frau auf die Schulter tippt und so superfreundlich meint: »He, Kleine! Ich wollte dir nur mal sagen: Du hast echt Hammer-Haare!«

Lichter fliegen über uns drüber und das nächste Stück startet mit einem ordentlichen Trommelwirbel. Jetzt geht es richtig ab. Herr Manske liefert sich mit einem anderen Gitarristen so eine Art Wettkampf, wer besser spielen kann. Sie gehen in die Knie, hüpfen rum, schleudern ihre langen Haare und Herrn Manskes Freundin singt wieder. Dieses Mal steht sie weit oben auf einem der Lautsprecher. Der Scheinwerfer ist direkt auf sie gerichtet. Die Leute hinter uns flippen aus. Elias flippt neben mir aus. Er reißt die Arme hoch, hüpft, als würde unter uns der Boden glühen, und dann schubsen sich die volltätowierten Fans hinter uns so heftig, dass meine Klasse und ich gegen die Bühne gequetscht werden. Ich stoße mir meinen Kopf, Elias liegt am Boden. Ich höre Alice um Hilfe quietschen. Bernie zieht Elias wieder auf die Beine. Seine Brille sitzt ihm schräg im Gesicht. Sein *Angry-Nerds*-T-Shirt klebt ihm schweißnass am Körper fest. Aber er ist so glücklich! Dann fliegt noch mal jemand von hinten mit voller Wucht gegen mich, sodass ich direkt auf Alice zustürze. Das ist jetzt wohl der Moment, in dem wir zerquetscht werden, denke ich noch und werde ohnmächtig.

Als ich wieder aufwache, weiß ich erst mal nicht, wo ich bin. Über mir hängt so eine komische knallorange Pappmaschee-Maske von der Decke. Rechts und links stehen Bücherregale. Ich versuche, mich aufzurichten. Mein Kopf tut ziemlich weh. Als ich endlich sitze und mich etwas umgesehen habe, begreife ich, dass mich offenbar irgendwelche *Security*-Leute auf einer Liege in der Kinderbücherei abgelegt haben, die sich über dem Konzertsaal befindet.

Von irgendwoher höre ich Alices grimmige Stimme, die sagt: »Das ist alles deine Schuld!«

Ich gucke gegen das Bücherregal, rechts von mir. Ich frage: »Redest du mit mir?«

»Ja, allerdings.«

Mit einem Mal fliegen ein paar Bücher aus dem Regal auf den Boden. Auf der anderen Seite sitzt Alice auf einer Liege. Sie hält sich ein Taschentuch unter die Nase, an dem Blut klebt. Sie nuschelt: »Glotz nicht so. Ich hab deinen Ellenbogen voll auf die Nase gekriegt.«

»Tut mir leid.« Ich kann mich beim besten Willen an nichts erinnern. Ich weiß nur noch, wie ich auf Alice zugeflogen bin. Danach ist alles schwarz. »War jedenfalls keine Absicht.«

»Prima! Davon kann ich mir auch nichts kaufen. Ich sage dir, ich verklage dich, wenn meine Nase gebrochen ist.« Alice funkelt mich derart wütend an, als würde sie mich umbringen wollen.

Ich halte es nicht mehr aus. Also frage ich geradeheraus: »Was habe ich dir eigentlich getan, mal abgesehen von deiner Nase?«

»Hä?« Alice tippt sich gegen die Stirn. »Du bist echt so peinlich. Weißt du das eigentlich?«

»Wieso?«, frage ich.

»Keine Ahnung. Du bist einfach peinlich und ich frage mich, wie ich je mit dir befreundet sein konnte. Ich meine, mir wird richtig schlecht, wenn ich daran denke, dass du bei mir übernachtet hast und solche Sachen.«

»Aber du hast mich doch dauernd gefragt, ob ich bei dir übernachte?« Ich verstehe gerade überhaupt nichts mehr. Ich habe Alice ja nicht dazu gezwungen, dass sie mich bei sich schlafen lässt. Ehrlich: *sie* stand ständig vor unserer Wohnungstür und wollte mit mir und ihrem behinderten Meerschweinchen spielen.

Sie macht so eine wegwerfende Geste und nuschelt: »Vergiss es einfach.«

Ich zucke mit den Schultern. »Okay. Kannst du mir trotzdem sagen, warum du so sauer auf mich bist?«

»Nein, kann ich nicht. Vielleicht ertrage ich einfach dein Gesicht nicht mehr. Weil du mich nervst.« Alices Stimme klingt eiskalt. Sie rutscht von der Liege runter und verschwindet hinter dem Bücherregal. Ich bleibe alleine zurück. In dieser sehr stillen Kinderbücherei, in der nur leise das Wummern der Bässe zu hören ist, und starre gegen das mit Pubertätsratgebern vollgestellte Bücherregal. Obwohl ich wegen Alice echt nicht weinen will, rinnt mir langsam eine Träne über die Wange. Dann noch eine. Und noch eine. Ich verstehe einfach nicht, was ich ihr getan habe. Es fühlt sich so gemein und ungerecht an, was sie mit mir macht. Eins ist klar: Diese Attacken werde ich mir nicht länger bieten lassen. Damit ist jetzt Schluss!

# DU ENTKOMMST UNS KEIN ZWEITES MAL!

Ich gehe heute nicht zur Schule. Obwohl ich natürlich gerne dabei wäre, wenn unser Lehrer Herr Manske mit seinem begeisterten Lächeln in den Klassenraum kommt. Bestimmt werden alle erzählen, wie toll sie seinen Auftritt fanden und dann werden sie über die Freiheit im Kopf und die Kreativität sprechen. Aber ich habe zu Mama gesagt, dass ich wegen meines Zusammenstoßes mit Alice noch nicht wieder fit bin. Was nicht stimmt. Aber zum Glück habe ich ja diese grün verfärbte Beule auf der Stirn.

Ich hänge schlaff am Esstisch herum und gucke zu, wie Mama und Papa den Frühstückstisch abräumen. Beide haben es eilig. Papa muss ins Büro und Mama in ihre Praxis. Papa ist Steuerberater und Mama macht, wie gesagt, Familienberatung. Und genau aus dem Grund erzähle ich ihr besser nicht, was Alice mir gestern nach dem Konzert Gemeines an den Kopf geschleudert hat. Durch ihren Beruf ist Mama nämlich immer bemüht, vernünftige Lösungen für Probleme zu finden. Aber nach gestern Abend habe ich kein Bedürfnis mehr, vernünftige Lösungen zu finden, um die Wogen zu glätten. Jetzt will ich Alice vernichten.

Papa geht im Anzug an mir vorbei und wuschelt mir durchs Haar. »Mann! Lass das doch mal!« Ich habe es ihm schon hundert Mal gesagt, dass ich das nicht mag.

»Oh, verzeihen Sie, meine Dame.« Papa hebt die Hände und guckt mich erschrocken an. »Ich wusste ja nicht, dass Sie heute so empfindlich sind.«

Ich sage nichts. Ich starre ihn nur grollend an. Also seufzt er, gibt Mama einen Kuss in der Küche und sagt: »Na dann bis heute Abend.« Er nimmt seine Tasche und zieht hinter sich die Haustür zu. Durchs Wohnzimmerfenster sehe ich, wie Papa in sein Auto steigt und raus auf die Straße fährt. Obwohl Mama eigentlich auch wegmüsste, setzt sie sich neben mich und sieht mich mit diesen Laseraugen an, die unbedingt rausfinden wollen, was los ist. »Alles in Ordnung, mein Schatz?«

»Jep.« Ich starre zurück und mache ein versteinertes Gesicht, damit sie nicht in mein Innerstes sehen kann.

Mama zieht die Augenbrauen hoch. »Na dann ruh dich noch ein bisschen aus. Wenn dir schlecht oder schwindelig wird, ruf mich sofort an. Dann hast du eine Gehirnerschütterung und wir müssen ins Krankenhaus.«

»Ja-ha.« Ich verdrehe die Augen, weil mir Mama das jetzt schon zum dreihundertsten Mal sagt.

»Und du verlässt nicht das Haus. Ist das klar? Du fehlst heute in der Schule, da kannst du nicht draußen herumlaufen. Verstanden?«

»Wo soll ich denn hin?«, frage ich und versuche, möglichst harmlos auszusehen.

»Was weiß ich: Zum Waisenhaus?« Im Flur schlüpft Mama in ihre Ballerinas und schiebt sich die Sonnenbrille ins Haar.

»Und was soll ich da?«, frage ich jetzt richtig gelangweilt, so, als sei es total absurd, dass ich zum Waisenhaus will. Was natürlich mein Plan ist.

»Keine Ahnung? Deine neuen Freunde treffen?« Mama kommt zurück, gibt mir einen Kuss auf die Wange und sagt ebenfalls zum dreihundertsten Mal: »Ach! Und im Kühlschrank steht noch die restliche Lasagne von gestern. Schieb sie einfach bei 180 Grad für zehn Minuten in den Ofen.«

»Mach ich.«

»Und stell den Ofen danach wieder aus. Nicht, dass unser Haus abfackelt.«

Ich nicke und winke Mama müde zu, als sie das Haus verlässt. Draußen steigt sie in ihr kleines rotes Auto und heizt davon. Durch die offene Terrassentür höre ich die Vögel im Garten zwitschern. Im Nachbargarten hat unser hundertjähriger und schwerhöriger Nachbar sein Radio voll aufgedreht.

Ich warte noch zehn Minuten, bevor ich losgehe. Nicht, dass Mama noch mal zurückkommt, weil sie irgendwas vergessen hat. Solange stelle ich mich vor die Wohnzimmerkommode und sehe mir die gerahmten Familienfotos von uns an. Mama und Papa haben es sich zur Gewohnheit gemacht, mich jedes Jahr an meinem Geburtstag vor der Messlatte an meinem Türrahmen zu fotografieren. Leider fehlen die ersten drei Geburtstage. Überhaupt gibt es von mir kaum Fotos aus meinen ersten Kindertagen. Was seltsam ist, weil Mama und Papa ständig am Fotografieren sind. Sobald wir in den Zoo gehen oder nur ein Eis essen, holen sie ihr Handy raus und meinen: »Lisa, sag Ameise!« Immer werden Erinnerungsfotos gemacht, auf denen ich breit lächle – so, als würden sie befürchten, dass es für Erinnerungsfotos jederzeit zu spät sein könnte.

Ich gucke mir die Geburtstags-Fotos von mir an. Jedes Jahr sah ich ein wenig anders aus. Aber nie so süß wie Mama. Ihr Kinderfoto mit den roten Haaren und den Sommersprossen steht neben einem Kinderfoto von Papa, auf dem er stolz eine riesige Marienkäfer-Schultüte im Arm hält, kurze Hosen und weiße Kniestrümpfe trägt. Echt unvorstellbar, dass Mama und Papa mal so winzig waren! Dann steht da noch das Hochzeitsfoto von Mama und Papa. Papa trägt Mama im weißen Tüllbrautkleid auf den Armen. Sie lacht und schleudert gerade ihren Brautstrauß in die Luft. Auf einem anderen Foto ist Mama schwanger und hält einen winzigen hellblauen Strampelanzug in die Höhe. Ganz ehrlich: ich habe noch nie so einen dicken Babybauch gesehen – als wären da mindestens zwei Babys drin. Und dann ist da noch dieses Foto, auf dem Mama mich an der Hand hält. Ich schätze, da bin ich gerade drei Jahre alt geworden. Wir stehen auf dem Spielplatz in der Nähe von unserer alten Wohnung. Hinter uns glitzert die Rutsche in der Sommersonne und ich habe ein rosa Kleidchen an. Mama lächelt, aber irgendwie sieht sie auch traurig aus.

Ich betrachte das Bild noch einen Augenblick, als sei darin etwas Geheimes enthalten, was ich einfach nicht entdecken kann. Dann drehe ich mich um, nehme mein GPS-Handy aus meiner Jackentasche, stecke sicherheitshalber meinen Reisepass ein (um im Waisenhaus notfalls erklären zu können, wer ich bin), ziehe meine Turnschuhe an und klatsche die Tür hinter mir zu. Ich springe auf mein Rad und flitze die Straße hinunter, Richtung Waisenhaus.

Direkt vor dem Eingang stelle ich es wieder ab und schließe es dieses Mal an einer Straßenlaterne an. Nicht, dass noch mal ein Waisenkind wegen meinem Rad Ärger kriegt. Allerdings ist gerade nirgendwo ein einziges Waisenkind zu sehen. Was vermutlich daran liegt, dass die jetzt auch alle Unterricht haben. Nur weil Waisenkinder keine Eltern haben, bedeutet das ja nicht automatisch, dass sie auch sonst von sämtlichen Pflichten befreit wären. Hätte mir auch mal früher einfallen können. Na toll! Jetzt bin ich ganz umsonst hergekommen. Es ist gerade mal Viertel nach neun. Ich stehe ein bisschen auf den Stufen der Freitreppe herum und betrachte den Efeu, der sich über die Fassade rankt, als ich über mir eine Mädchenstimme höre: »He, suchst du wen?«

Ich sehe hinauf. Schräg über mir hockt ein Mädchen mit langem hellbraunen Haar und Jeans im offenen Fenster und guckt verwundert auf mich hinunter. »Bist du das, Lasse?«

»Nee, ich heiße Lisa.«

»Bist du ein Mädchen?« Das Mädchen beugt sich ziemlich weit aus dem Fenster und guckt mich ungläubig an. Ich hoffe, sie fällt nicht runter. Wenn mich noch mal jemand fragt, ob ich ein Mädchen bin, drehe ich durch.

»Ja, bin ich«, sage ich und zwinkere, weil die Sonne so blendet.

»Ist ja krass. Du siehst echt aus wie ein Junge.« Das Mädchen grinst und bindet sich ihre langen Haare zu einem Pferdeschwanz.

Ich sage gar nichts. Sondern blinzle nur zu ihr rauf.

»Warte!«, sagt sie plötzlich und verschwindet im Zimmer. Keine halbe Minute später geht die Eingangstür auf und das Mädchen steht direkt vor mir. Sie hat eine kleine Stubsnase und schöne Zähne. Ihre Augen sind groß und grün. Sie sieht einfach toll aus. Viel hübscher als Alice. Ganz ohne dramatisches Augen-Make-up. Sie reicht mir ihre Hand und meint: »Ich bin Ella. Nimm es mir nicht übel, aber du siehst echt aus wie ein Junge aus unserem Heim.«

»Ich weiß«, sage ich und gebe mir richtig heftig Mühe, cool zu bleiben. »Wie Lasse.«

»Kennst du ihn?« Ella guckt mich mit großen Augen an. »Woher?«

Ich sage mit leicht genervtem Unterton: »Lange Geschichte. Weißt du, wo er ist?«

»Er schreibt gerade eine Mathearbeit. Ich war nur eher fertig und durfte schon mal gehen.«

Ich nicke und frage bewundernd: »Kannst du so gut Mathe?«

Ella lacht: »Nee, ich kann's überhaupt nicht. Darum war ich ja schon so früh fertig.«

Jetzt grinse ich auch ein bisschen, weil Ella ganz anders ist als Alice. Die würde niemals zugeben, dass sie etwas nicht kann. Ella hockt sich auf die sonnenbeschienenen Stufen und hält ihr gebräuntes Gesicht in die Sonne. Sie tätschelt neben sich die Treppe: »Los, setz dich neben mich. Wer bist du? Woher kommst du? Erzähl mir deine ganze verrückte Geschichte!«

Ich setze mich neben Ella und genau wie sie schlinge ich meine Arme um meine Knie. Es tut gut, vormittags einfach mal in der Sonne zu sitzen. Ich sage: »Ich wohne da drüben in der Siedlung. Wir sind erst vor ein paar Wochen dahin gezogen und mein Vater buddelt unseren halben Garten für einen Goldfischteich aus. Und du?«

»Und ich?« Ella streckt sich. »Ich wohne hier im Waisenhaus und wir sind auch alle gerade erst hierher gezogen. Ich war vorher in einer Pflegefamilie, aber da war es richtig beknackt. Die haben mir verboten, mit meinen Eltern zu telefonieren.«

»Mit deinen Eltern zu telefonieren? Ich dachte …«, stottere ich. »Ich dachte, du bist eine Waise?«

»Bin ich ja auch. Aber das heißt ja nicht, dass ich nicht mit meinen Eltern telefonieren kann. Oder?«

»Ähm?« Ich lächle unsicher, weil ich mir nicht ganz sicher bin, ob Ella sich gerade einen Spaß mit mir erlaubt. »Das heißt, deine … deine Eltern leben noch?«

»Nein, sie sind tot.« Ella sieht mich missbilligend an, als sei ich ein bisschen bekloppt.

»Aha.«

Sie nickt und meint schließlich: »Du denkst vermutlich auch, dass man mit Toten nicht telefonieren kann. Richtig?«

Ich wiege unschlüssig den Kopf. »Nun ja. Jedenfalls ist es das, was einem beigebracht wird.«

Ella klatscht in die Hände. »Und genau das macht mich so wütend! Als könnte man mit Toten nicht sprechen!«

Ich starre sie verwirrt an. »Du kannst das?«

»Ja klar! Das ist ganz leicht. Und jeder, der behauptet, dass das nicht möglich ist, hat echt richtig einen an der Waffel.«

»Okay?« Ich lächle zustimmend, um Ella nicht meine Unsicherheit zu zeigen. Aber ich denke, dass sie ein ziemlich feines Gespür dafür hat. Denn plötzlich stupst sie mich mit der Schulter an und sagt freundlich. »Na gut, probieren wir es. Hast du ein Handy dabei?«

Ich schlucke. »Du willst jetzt mit meinem Handy mit deinen … deinen toten Eltern telefonieren?« Mein Herz schlägt mir bis zum Hals. Ganz ehrlich, ich weiß nicht, ob mir das recht ist. Das ist sowas von *spooky*.

»Los, gib dein Handy. Ich weiß, dass du eins dabei hast.« Ella streckt mir ihre offene Hand entgegen.

»Woher weißt du das?«

»Weiß ich eben.«

Diese Ella scheint alles zu wissen. Also ziehe ich mein Handy hinten aus der Hosentasche und reiche es ihr mit zittriger Hand. Okay, telefonieren wir jetzt mit Toten. Toll. Wenn das Mama wüsste! Nach kurzem Zögern gibt mir Ella das Telefon wieder zurück. »Weißt du was? Du fängst an.«

»Nein!«

»Los! Keine Angst. Ist ganz leicht. Du hältst dir einfach das Telefon ans Ohr und fragst deine Mutter irgendwas.«

»Aber meine Mutter ist doch gar nicht tot.«

»Ist doch egal.«

»Das ist überhaupt nicht egal.«

»So meine ich das doch gar nicht. Fürs Telefonieren ist es egal. Du stellst dir einfach vor, du telefonierst mit deiner Mama. Ohne ihre Nummer zu wählen. Okay? Dann fragst du sie etwas und dann hörst du, was sie dir für eine Antwort gibt. Alles klar?«

»Na ja.«

Unter uns: das ist richtig abgedreht! Aber was soll ich machen? Weglaufen und nie wieder kommen? Oder frei im Kopf sein und meine Mutter anrufen, ohne ihre Nummer zu wählen? Was ist schon dabei? Ich drücke mir das neue GPS-Handy ans Ohr, hole tief Luft und sage: »Hallo, Mama? Ich … ich bin doch beim Waisenhaus.«

»Ich weiß!«, sagt meine Mutter sofort in meinem Kopf.

Und ich sage, so, als würde ich wirklich mit ihr telefonieren: »Woher weißt du das?«

»Ich kenne dich eben gut«, antwortet meine Mutter wieder in meinem Kopf.

»Bist du mir böse?«, frage ich.

»Nein, aber ich will, dass du spätestens gegen Mittag wieder zu Hause bist und dir die Lasagne warm machst«, sagt meine Mutter in meinem Kopf und legt auf.

»Wow!« Ich grinse und gebe Ella mein Telefon. »Das ist ja der Hammer! Ich habe ganz vergessen, dass meine Mutter gar nicht wirklich am Telefon ist.«

»Sag ich doch!« Ella lächelt mich glücklich an. »Man kann mit jedem telefonieren – egal ob er tot ist oder nur nicht da.« Ihre Augen werden immer größer und die Sonne spiegelt sich in ihrem Grün. Plötzlich umarmt sie mich. »Du bist toll«, sagt sie und drückt mich fest an sich. »Du bist echt, echt toll.«

Ich umarme Ella auch. »Danke.«

»Warum sind nicht alle so klug wie du?« Ella lässt mich wieder los und jetzt glitzern ihre Augen seltsam feucht. »Du bist irgendwie so … so frei im Kopf!«

Ich weiß nicht, was ich sagen soll. Also kichere ich blöd rum. Ich muss sagen, diese Begegnung tut mir nach dem gestrigen Abend so was von gut. Plötzlich ist es ziemlich egal, was Alice in der Bücherei alles zu mir gesagt hat. Denn: ich bin frei im Kopf! So, wie Herr Manske sich das vorgestellt hat.

Ella hält das Telefon hoch. »Pass auf, ich rufe eben meine Eltern an und dann gehen wir hoch in mein Zimmer und ich zeige dir, was du mit deinen Haaren machen kannst, damit du nicht mehr aussiehst wie Lasse.«

Ich nicke. »Klingt gut.«

Wir sitzen in der Sonne, um uns herum rauschen die Baumkronen, die Blätter blinken in der hellen Vormittagssonne und ich höre, wie Ella mit ihren Eltern telefoniert und ihnen sagt, dass sie ein kluges Mädchen namens Lisa getroffen hat, das ihr freundlicherweise eben mal ihr Handy geliehen hat. Ella erzählt vom neuen Waisenhaus, von der Mathearbeit, dass sie gerne ein Meerschweinchen hätte – und zum Schluss sagt sie leise: »Ich vermisse euch so sehr. Ich wünschte, ihr wärt hier.« Sie schnieft und dann flüstert sie mit rauer Stimme: »Aber tröstet euch. Heute ist ein guter Tag.«

Ella atmet tief ein und aus und wischt sich über die Augen. Dann gibt sie mir mein Telefon zurück und sagt: »Das hat jetzt richtig gutgetan. Danke.«

Ich stecke mein Handy zurück in meine Hosentasche. »Du kannst gerne immer damit telefonieren. Ich habe eine *Flatrate.*«

»Danke! Du bist ein Schatz! Bevor ich es vergesse: ich soll dich herzlich von meinen Eltern grüßen!« Dann springt sie auf und zieht mich ins kühle Waisenhaus. Hand in Hand laufen wir über den hellen Steinboden, die Treppe hinauf, den stillen Gang hinunter, am Schrank vorbei, in dem ich mich neulich versteckt habe. Ich kann mir das gar nicht mehr richtig vorstellen. Irgendwie scheint die Aktion echt schon Ewigkeiten her zu sein. In der Zwischenzeit ist so viel passiert! Ich wurde sogar von toten Eltern gegrüßt!

Ella stößt eine Tür zu einem Zimmer auf, in dem zwei Etagenbetten stehen. An den Wänden kleben rosa violette Romantikposter mit Einhörnern, Regenbögen und Liebespaaren, die am Strand in den Sonnenuntergang sehen. Ella verdreht die Augen: »Guck nicht hin. Meine stumme Zimmerkameradin Lila steht da drauf.«

Ich verdrehe auch die Augen, zum Zeichen, dass ich auch überhaupt nicht auf Einhörner und Regenbögen abfahre. Trotzdem frage ich: »Ist sie echt stumm?«

»Nein, sie redet nur nicht. Sie denkt, dass das hilft, damit ihre Eltern wieder lebendig werden.« Ella zeigt auf einen Hocker am Fenster. »Nimm Platz.«

Ich setze mich und Ella wuselt um mich herum, stellt einen

kleinen Klappspiegel vor mich aufs Fensterbrett, holt bunte Haarspangen und ein Glätteisen aus dem angrenzenden Badezimmer. Währenddessen schaue ich mich noch ein bisschen im Zimmer um. Die vier Bewohnerinnen haben sich alle Fotos über ihre Betten gepinnt. Das untere linke Bett gehört offenbar zu Ella. Ich erkenne sie auf mehreren Bildern. Auf den meisten ist sie mit ihren Eltern und einer kleinen Katze zu sehen. Vielleicht sind es aber auch ihre Pflegeeltern? Die Fotos scheinen noch nicht sehr alt zu sein.

»Okay, dann wollen wir mal.« Ella stellt sich hinter mich und fängt an, meine Haare zu bürsten. Was sich ziemlich merkwürdig anfühlt. Ich meine, ich sitze in einem Waisenhauszimmer und ein Waisenmädchen bürstet meine Haare! Eine nicht gerade sehr alltägliche Situation. Nicht zu vergleichen mit den Haar-*Sessions* von Alice und Estelle. Weil es plötzlich so still ist, frage ich vorsichtig: »Sind das da drüben deine Pflegeeltern?«

Ella bürstet kräftig weiter. »Nein, das sind meine Eltern.«

»Sind … sind sie gerade erst gestorben?«, frage ich, obwohl ich Sorge habe, dass Ella wütend oder traurig werden könnte.

Aber sie bleibt ganz ruhig. »Vor einem Jahr. Sie hatten einen Autounfall.«

»Das tut mir leid.«

»Du hast schöne Haare, weißt du das eigentlich?«

»Ich?« Ich werfe Ella einen prüfenden Blick über den Klappspiegel zu. »Die sehen aus wie getrocknete Zuckerwatte. Jedenfalls sagt das meine ehemals beste Freundin Alice.«

»Die spinnt!« Ella grinst und knetet mir irgendwas Glitschiges in die Haare. »Du siehst wunderschön aus. Wie eine Außerirdische.«

Da gebe ich Ella recht. Meine hellblonden Haare stehen mit einem Mal wie ein gleißender Heiligenschein um meinen Kopf herum. Ich muss kichern. Kein Mensch auf dieser ganzen Welt hat solche seltsamen Haare.

»Du siehst unvergesslich aus. Ganz besonders. Einmalig.« Ella seufzt. »Ich wünschte, ich hätte deine Haare. Guck mal die Spaghetti an, die ich auf dem Kopf habe.«

»Ich finde deine Haare sehr schön«, sage ich. »Damit hält dich wenigstens niemand für einen Jungen.«

»Warte!« Ella dreht sich um, rennt hinüber zum Kleiderschrank und wühlt in den Fächern herum. Schließlich kommt sie mit einem karierten Hemd zurück. »Hier, probier das mal an.«

Ich tue ihr den Gefallen. Das Ding sitzt ganz schön eng. Ella macht einen Schritt zurück und sieht mich an. »Perfekt! Jetzt musst du nur noch die drei obersten Knöpfe aufmachen und dich hält wirklich niemand mehr für einen Jungen. Ich sage dir: Das Geheimnis ist: Keine Schminke! Dafür enge Klamotten und ein sportlich-elfenhafter Gang. Mehr braucht eine moderne Frau von heute nicht.«

Ich umarme Ella. »Du bist toll! Danke!«

Ella und ich halten uns kurz an den Händen und grinsen uns an. Was ziemlich schräg ist. Denn eigentlich kennen wir uns ja gar nicht. Bevor es aber richtig peinlich werden kann, geht plötzlich die Tür auf und ein großes, ganz dünnes Mädchen mit Brille kommt rein. Sie bleibt mitten im Zimmer stehen und starrt mich an.

Ich hebe die Hand: »Hey. Ich bin Lisa.«

Das Mädchen guckt mich nur an. Ich lächle verlegen.

Ella sagt schnell: »Das ist Lila.«

Jetzt lächelt Lila ganz freundlich und hebt auch kurz ihre zarte Hand zum Gruß. Das ist also die Stumme, die hofft, dass ihre Eltern wieder lebendig werden, wenn sie schweigt.

Ich sage: »Schöne Poster.« Dann drücke ich mich eilig an ihr vorbei, raus auf den Gang, wo jetzt eine Menge Kinder herumrennen. Der Gong zum Mittagessen ist zu hören. Ella kommt hinter mir her. »Danke noch mal, dass ich mit deinem Handy telefonieren durfte.«

»Na klar!«

Wir laufen den Flur hinunter zur Treppe und ich sage: »Ich muss leider ziemlich schnell nach Hause, weil ich heute nicht in der Schule war und meine Mutter es nicht so prickelnd findet, wenn ich stattdessen draußen rumrenne. Grüß Lasse von mir, wenn du ihn siehst. Und noch mal danke!«

Ella und ich drücken uns kurz und dann laufe ich eilig die Stufen hinunter, zur Eingangstür. Besser, ich verdünnisiere mich, bevor mich wieder jemand für ein Waisenkind hält. Doch als ich die Tür aufziehen und entwischen will, fasst mir jemand von hinten auf die Schulter und hält mich fest.

»Stehen bleiben! Du entkommst uns kein zweites Mal.«

# SEHR, SEHR SCHLIMM!

»Du hättest dein Gesicht sehen sollen!« Siggi und Lasse krümmen sich vor Lachen, während mir mein Herz noch immer bis zum Hals schlägt.

»Sehr witzig.« Wir stehen etwas abseits hinter den Büschen vor dem Haupteingang. Nur zur Sicherheit, damit mich keiner von den Erziehern entdeckt und wieder denkt, dass ich einer von ihren Schützlingen bin. Jetzt, wo die beiden Jungs mich so erschreckt haben, will ich erst recht kein Risiko eingehen. Auch, wenn ich sicherheitshalber meinen Reisepass dabeihabe.

Lasse wischt sich die Lachtränen weg. »Wie du ausgesehen hast, als ich dir auf die Schulter gefasst habe! Soo große Augen.« Lasse zeigt mit seinen Händen, wie groß angeblich meine Augen waren. »Wie Riesenpizzas.«

»Ja, voll panisch!« Siggi schüttelt kichernd den Kopf und haut sich auf die Schenkel. »Als müsste sie jetzt für immer im Waisenhaus bleiben!«

Ich gucke die beiden an und warte ab, bis sie sich beruhigt haben. Als die Jungs genug über mich gelacht haben, räuspern sie sich und Lasse fragt: »Spaß beiseite. Hast du uns nur vermisst oder willst du hier wirklich bald einziehen?«

»Weder noch.« Ich verschränke die Arme vor der Brust und sehe ihn mit zusammengekniffenen Augen an.

»He! Ich weiß es! Du wolltest uns schon für DIESEN Sonntag zu euch nach Hause einladen!«, sagt Siggi und kriegt selber Augen so groß wie Riesenpizzas. »Hab ich recht?«

»Vielleicht«, sage ich und gebe mich ein bisschen geheimnisvoll. Ich hoffe, meinen Eltern passt das.

Lasse umarmt mich. »Echt? Diesen Sonntag? Oh geil! Oh geil! Oh scheiße geil!«

Mir wäre es recht, wenn er diese Worte nicht in Gegenwart meiner Eltern gebrauchen würde. Die stehen da nicht so drauf. Weder auf »scheiße« noch auf »geil«. Aber vielleicht drücken sie bei Waisenkindern ein Auge zu. Kann ja sein. Lasse lässt mich wieder los und strahlt mich an. »Gibt es Spaghetti?«

»Nein. Einen Sonntagsbraten«, erkläre ich. »Mit Kartoffelbrei, Erbsen und Möhren.«

»Aber nicht so matschige aus der Dose, oder?«, fragt Siggi ängstlich. »Die essen wir hier nämlich ständig.«

»Quatsch! Alles frisch!«

»Boah!« Er klatscht in die Hände und hüpft aufgeregt rauf und runter. »Und was ist mit dieser Schokoladenmousse, von der du geredet hast?«

»Geht auch klar. Meine Mutter leiht uns garantiert noch einen Film aus. Habt ihr irgendwelche Wünsche?«

»Wir überlegen uns was. Danke, *Sugar*!«, sagt Siggi und

sieht plötzlich sehr ernst aus. Als hätte er Angst, dass der Sonntag nicht perfekt werden könnte.

»Deine Eltern müssen aber unbedingt im Waisenhaus anrufen und einen Antrag stellen, dass wir zu euch dürfen«, sagt Lasse und klingt dabei total orientiert. »Ich nehme sogar an, einer der Erzieher bringt uns zu euch hin.«

»Okay.« Ich nicke. »Kein Problem. Meine Eltern kümmern sich darum. Sagen wir Sonntag um 12 Uhr?«

Siggi und Lasse umarmen mich fest, sodass wir als Knäuel beinahe in die Büsche kippen. Unter Waisenhauskindern scheint man sich wirklich oft und gerne zu umarmen. Ich habe nichts dagegen. Finde ich eigentlich ganz schön. Als ich fast keine Luft mehr kriege, lösen sich Siggi und Lasse wieder von mir.

»Dann bis dann!« Lasse grinst erleichtert. Fast ein bisschen glückselig. »Wir verlassen uns auf dich!«

Und Siggi meint zum Abschied: »Leute! Auch auf die Gefahr hin, dass ich es schon mal erwähnt habe: Es ist echt der Wahnsinn, wie ähnlich ihr euch seht! Obwohl: Heute sieht *Sugar* um einiges hübscher aus als Lasse. Irgendwas hast du mit deinen Haaren gemacht.«

Ich gucke leicht mysteriös und dann schließe ich mein Fahrradschloss auf und radle die sonnige Straße zwischen den Siedlungshäusern hinunter. Ich muss sagen, es hat sich gelohnt, heute nicht in die Schule gegangen zu sein. Ich habe so einiges gelernt: Wie man mit toten Eltern telefoniert, wie ich mir meine Haare anständig frisiere und dass Waisenkinder nicht auf Dosengemüse stehen. Ich würde sagen: Ella,

Lasse und Siggi können sich glücklich schätzen, dass sie mich getroffen haben.

Aber ganz ehrlich: Niemand ist so glücklich wie ich, dass wir uns alle getroffen haben! Ich mag es, wie Siggi mich immer *Sugar* nennt. Ich schätze, diese ganz besondere Freude wird Alice bis ans Lebensende verwehrt bleiben.

Zu Hause schiebe ich die Lasagne in den Ofen. Bis sie warm ist, mache ich vor dem Badezimmerspiegel mindestens hundert Selfies von mir, meiner neuen Frisur und dem ausgeliehenen Karohemd.

Anschließend gehe ich rüber in mein Zimmer, öffne die Kleiderschranktüren und sortiere alle Kinderklamotten aus, mit denen ich mich in der Öffentlichkeit nicht mehr blicken lassen kann. Die stopfe ich allesamt in eine riesige Plastiktüte und schleppe sie runter in den Keller, wo Mama bereits einen Sack mit alten Klamotten hingestellt hat, die sie spenden will.

Ich pfeffere meine Tüte daneben. Allerdings mit so viel Schwung, dass Mamas Klamottensack umkippt. Weil sie ihn aus irgendeinem Grund noch nicht zugebunden hat, purzelt die Hälfte heraus. Bevor Mama deswegen einen Anfall kriegt, räume ich schnell alles wieder ein. Und plötzlich halte ich diesen kleinen hellblauen Strampelanzug in Händen, den Mama auf dem einen gerahmten Foto vor ihren Babybauch hält. Ich wundere mich ein bisschen, dass Mama den in die Altkleidersammlung geben möchte. Schließlich ist das doch *mein* erster Strampelanzug! Außerdem frage ich mich, warum sie mir als Mädchen eigentlich einen hellblauen

Anzug anziehen wollte? Haben sich Mama und Papa etwa heimlich einen Jungen gewünscht?

Mir wird mit einem Mal heiß und gleichzeitig kalt. Ich dachte immer, ich bin ein absolutes Wunschkind! Aber vielleicht bin ich das gar nicht? Ich lasse mich auf eine der Umzugskisten plumpsen, die wir noch nicht ausgeräumt haben, und starre gegen die beiden Kleidersäcke. Mir ist schlecht. Sehe ich deshalb aus wie ein Junge? Weil ich die ganze Zeit unterbewusst gespürt habe, dass ich so meine Eltern glücklich mache?

Meine Hände zittern. Ich streiche den winzigen hellblauen Strampelanzug auf meinen Knien glatt. Mama und Papa wollten, dass ich aussehe wie ein kleines Jungsbaby. Das ist es! Bis heute habe ich bei diesem Spiel mitgespielt. Bis heute! Aber damit ist jetzt Schluss. Denn irgendwas in mir sagt plötzlich, dass ich wie ein Mädchen aussehen möchte. Warum sonst lasse ich mir von Ella die Haare frisieren? Damit ich endlich aussehe wie ein Mädchen! Ganz klar! Darum habe ich auch meine ganzen blöden Kinderklamotten aussortiert, damit mich nie wieder jemand fragt, ob ich ein Junge bin – und dann das!

Mein jungenhaftes Aussehen war offenbar totale Absicht von Mama und Papa. Aber nicht, weil sie Angst haben, dass ich entführt werde, sondern weil sie viel lieber einen Sohn haben wollen! Das bedeutet: Sie werden mich nicht mehr lieben, wenn ich nicht aussehe wie … wie … wie Lasse.

Mir dreht sich der Magen um. Ich muss verhindern, dass Lasse an diesem Sonntag kommt und meine Eltern ganz verrückt nach ihm werden. Ich atme tief ein und aus. Das hat mir Mama beigebracht. Sie sagt: »Das hilft, wenn man sich aufregt.« Und gerade rege ich mich richtig auf. Ich habe echt Herzklopfen. Und das nur, weil ich diesen winzigen, hellblauen Strampelanzug gefunden habe und mir diese furchtbare Geschichte erzähle, von der ich nicht mal weiß, ob sie überhaupt stimmt. Aber alles klingt so logisch in meinem Kopf, dass ich nicht anders kann, als mir diese Geschichte zu glauben. Ich wünschte, Herr Manske wäre jetzt hier und könnte mich mit seinem fröhlichen Grinsen beruhigen. Er würde sagen: »Es ist egal, ob du ein Junge oder ein Mädchen bist. Hauptsache, du bist frei im Kopf.«

Meiner ist gerade voll mit Panik. Ich stecke den hellblauen Strampelanzug zurück in den Kleidersack, schalte das Licht aus und als ich die Kellertreppe hinauflaufe, ist schon alles voller Qualm. Scheiße! Die verkackte Lasagne!

Ich renne in die Küche. Da ist so dichter schwarzer Qualm, dass ich kaum noch Luft kriege. Ich reiße das Küchenfenster auf, dann den Ofen, greife ohne meine selbstgehäkelten Topflappen rein und ziehe die Lasagneform heraus, die so heiß ist, dass ich vor Schmerz aufschreie und sie direkt auf den Boden klatschen lasse, wo sie in tausend Stücke zerspringt und heißer Käse mit kochender Tomatensoße in alle Richtungen spritzt.

»Aua! Aua! Aua!« Ich heule. Mit zittrigen, schmerzenden Fingern stelle ich den Ofen ab. Dann drehe ich das kalte Wasser auf und halte meine Finger darunter. Sie tun so weh.

Als meine Hände beinahe erfroren sind, drehe ich das

Wasser ab. Auf jedem Finger habe ich eine riesige, knallrote Brandblase. Wie beknackt kann man sein? Überall auf den Schränken klebt Tomatensoße mit Käse! Das totale Symbol für mein chaotisches Leben! Wie soll ich das jetzt wieder sauber machen? Meine Hände brennen so, dass ich die Finger nicht mal biegen kann. Um irgendwas Vernünftiges zu machen, gehe ich hoch ins Bad, schmiere mir dick Brandsalbe auf die Finger und umwickle sie mit einer Mullbinde, sodass ich aussehe wie eine original Mumie.

In der Küche streife ich mir unter Schmerzen Mamas gelbe Gummihandschuhe über und fange an, die Lasagneflatschen und die Scherben aufzusammeln. Danach wische ich den Boden, was echt richtig an den Händen wehtut. Aber ich bin zäh. Ich halte das aus. Weil nichts schlimmer ist als meine Angst, dass Mama und Papa eigentlich viel lieber einen Sohn gehabt hätten.

Als die Küche wieder einigermaßen okay aussieht, mal abgesehen von dem leichten Brandgeruch und den Tomatenspritzern an der Tapete, setze ich mich an den Esszimmertisch, um auf Mama zu warten. Leider fällt mein Blick dabei schon wieder auf das verräterische Foto mit dem hellblauen Strampelanzug. Um es nicht länger angucken zu müssen, stehe ich auf, drehe es zur Wand und setze mich wieder hin. Dann wähle ich Mamas Handynummer und halte mir das Telefon ans Ohr. Ich will wissen, wann sie wieder da ist. Weil ich die Nase voll davon habe, mit dieser Sache alleine klarzukommen. Aber es geht nur ihre Mailbox dran. Vermutlich hat Mama in ihrer Praxis gerade noch Leute sitzen, die ganz dringend Hilfe in Familienfragen brauchen. Dabei brauche ich gerade ganz dringend Hilfe, was meine ganz persönliche Familienfrage anbelangt! Ich lege auf und starre unser Telefon an, weil ich nicht weiß, was ich machen soll. Ich platze, wenn ich nicht gleich erfahre, was hier in unserer Familie eigentlich vor sich geht und ob ich wirklich eine unerwünschte Tochter bin. Warum geht Mama ausgerechnet nicht ans Telefon, wenn *ich* sie ausnahmsweise mal wirklich brauche?!

Schließlich halte ich mir den Hörer – ohne zu wählen – wieder ans Ohr und frage ohne Umschweife: »Mama! Kannst du mir mal bitte erklären, warum du und Papa mir damals einen hellblauen Strampelanzug gekauft habt, obwohl ich ein Mädchen bin?«

»Von welchem Strampelanzug redest du?«, fragt Mama in meinem Kopf.

»Von dem auf dem Foto.«

»Wie kommst du denn jetzt darauf?«, will Mama wieder in meinem Kopf wissen und klingt irgendwie überrascht.

»Das ist egal. Also? Warum ein hellblauer Jungsstrampler für ein Mädchen?«

»Der … der war nicht für dich«, stottert Mama in meinem Kopf.

Und ich frage ungeduldig: »Hä? Für wen denn sonst?«

»Für … für einen kleinen Jungen«, sagt Mama wieder in meinem Kopf und klingt plötzlich ein ganz klein bisschen traurig.

»Du meinst wohl eher: für euren Sohn, den ihr euch ja *soooo* sehr gewünscht habt!«, sage ich mit unterdrückter Wut.

»Ja«, flüstert Mama in meinem Kopf. »Für unseren kleinen Sohn.«

»Super, dass du es mir jetzt endlich mal gesagt hast! Tut mir leid, dass ich ein Mädchen geworden bin! Tut mir leid, dass sich euer Traum vom Sohnemann nicht erfüllt hat!«

Als Antwort höre ich nur noch ein schweres Seufzen. Was soll Mama auch sagen? Jetzt habe ich ihr düsteres Geheimnis gelüftet, von dem sie und Papa gehofft haben, dass ich nie dahinterkomme. Aber Geheimnisse bleiben eben nie geheim! Schon gar nicht, wenn man – wie ich – mit Leuten telefonieren kann, ohne, dass sie anwesend sind.

Toll. Toller Trick mit dem Telefon. Vielen Dank, liebe Ella. Jetzt weiß ich es ganz genau: Meine Eltern wollten einen Sohn, kein Mädchen. Ich sage wütend in den Hörer, mit Blick in Richtung der Bilderrahmen: »Muss ja echt schlimm für euch sein, mit mir in einem Haus zu leben. Ihr haltet es nur aus mit mir, weil ich aussehe wie ein Junge!«

»Aber warum sollten wir dann dein Zimmer rosa streichen?«, fragt Mama plötzlich ganz freundlich. So, als hätte sie doch nichts dagegen, dass ich ein Mädchen bin. Aber so leicht lasse ich mich nicht besänftigen.

Also antworte ich bockig: »Keine Ahnung. Erklär es mir!«

»Weil du unser liebstes, süßes Mädchen bist und wir dich über alles lieben.«

»Nee klar! Und warum habt ihr dann für *euren* Sohn einen hellblauen Strampelanzug gekauft?«

»Weil …«

Leider kann ich nicht mehr Mamas Antwort in meinem

Kopf hören, weil sie in diesem Augenblick zur Tür hereingestürzt kommt und erschrocken ruft: »Um Himmels willen! Lisa! Hat es hier irgendwo gebrannt? Hier riecht es total nach Qualm!«

»Nur die Lasagne.« Ich ziehe die Gummihandschuhe aus. »Und meine Hände.«

Mama starrt auf meine umwickelten Mumien-Hände. »Schätzchen! Lisa! Wie konnte das passieren? Was hast du denn gemacht?«

»Ich habe aufgeräumt und die Lasagne vergessen«, sage ich und dann heule ich richtig heftig los, sodass mir die Tränen nur so aus den Augen spritzen.

Meine Mutter kniet sich vor mich und streicht mir über die frisierten Locken. »Mein Schätzchen. Zeig mal her. Hast du Schmerzen? Wie schlimm ist es denn?«

»Sehr, sehr schlimm!«, wimmere ich und tue mir gerade selber furchtbar leid. Denn ich bin nicht das Kind, das Mama und Papa haben wollten. Auch wenn Mama sich das gerade nicht anmerken lässt.

Sie setzt sich auf den Stuhl neben mich und wickelt vorsichtig die Mullbinden ab. »Ach! Du armes Herzchen! Du hast ja an allen Fingern Brandblasen! Wie hast du das denn gemacht?«

»Ich hab die Lasagne ohne meine gehäkelten Topflappen rausgeholt.«

»Aber warum das denn?« Mama besieht sich ganz genau meine Finger. »Hast du sie gut gekühlt und Salbe drauf gemacht?«

Ich nicke und schluchze und bevor ich mich im Schmerz hinreißen lasse, Mama zu fragen, ob Papa und sie sich wirklich lieber einen Sohn gewünscht haben, sage ich tapfer: »Wir brauchen dringend Rauchmelder!«

# SIE IST EIN ENGEL!

Als Mama und ich im Garten auf der Hollywoodschaukel sitzen und Eis essen, klingelt es an der Tür. Ich stehe auf, weil Mama von ihren Problemgesprächen in der Praxis ganz erschöpft ist. Elias steht davor. Mit roten Wangen und verstrubbelten Haaren. »He.«

Ich lasse ihn rein und frage verwundert: »Was machst du denn hier auf dem Alte-Leute-Planeten?«

»Was wohl?« Elias drängt an mir vorbei in den Flur. »Dir die Hausaufgaben bringen und fragen, wie es dir geht. Hast du von gestern eine Gehirnerschütterung? Oder warum bist du nicht in die Schule gekommen?«

Ich schließe die Tür und laufe hinter ihm her ins Wohnzimmer. Er bewegt sich durch unser neues Haus, als würde er hier täglich ein und aus gehen. Dabei war er noch nie hier. Ich frage: »Woher hattest du unsere Adresse?«

»Von Herrn Manske.« Elias stellt seine Schultasche auf einem der Stühle ab und winkt meiner Mutter zu, die jetzt draußen im Garten in der Sonne steht und in das Erdloch guckt, in dem schon bald Goldfische schwimmen sollen.

Ich erkläre: »Das wird unser Goldfischteich.«

»Sieht super aus.« Elias lächelt mich verspannt durch seine Brillengläser an. Er wirkt, als würde ihn richtig was beschäftigen. Er fährt sich immer wieder nervös durch seine seltsame Topf-Frisur und dann fragt er mit so Geheimagenten-Stimme: »Können wir irgendwo ungestört sprechen?«

»Klar.« Ich ziehe ihn hinter mir her, die Treppe hinauf in mein, immer noch, rosafarbenes Zimmer.

»Woooh! Sieht richtig verschärft aus. Wie das Zimmer einer durchgeknallten Prinzessin!« Elias pfeift durch die Zähne. »Hätte ich gar nicht von dir erwartet, dass du auf solchen Mädchen-Quatsch stehst.«

Er lässt sich auf mein weiches rosa Bett fallen und sieht sich noch ein bisschen belustigt um, wobei er vermutlich vergessen hat, dass er eins von seinen absurden *Angry-Birds*-T-Shirts trägt.

Ich verschränke erst mal die Arme vor der Brust. »Ich stehe nicht auf solchen Mädchen-Quatsch! Das waren meine Eltern«, sage ich mit einer gewissen Anspannung in der Stimme. »Das wird bald umgestrichen.«

»Kein Ding!« Elias hebt beschwichtigend die Hände. »Ich war ja nur überrascht.«

»Warum? Weil du auch denkst, dass ich eigentlich ein Junge bin?« Ich bin jetzt richtig in Fahrt und will meinen Frust an Elias ablassen, weil der sich förmlich dazu anbietet.

»Hä? Wer denkt das denn *noch*?«

»Wer das *noch* denkt? Alle! Besonders Alice.«

»Alice? Die muss gerade reden. Die sieht doch aus wie … wie …«, stottert Elias und ihm fällt kein passendes Wort ein.

Ich ziehe interessiert die eine Augenbraue hoch. »Ja? Wie sieht sie aus? Wie ein Mädchen?«

Elias wiegt den Kopf hin und her. »Na ja. Zumindest hat sie lange Haare und so komische Spängchen im Haar und Ohrringe …«

»Ich bin kein Junge, alles klar? Ich sehe vielleicht *noch* so aus. Aber nicht mehr lange.« Ich lächle gnädig.

»Klingt nach einem Super-Plan.« Elias reibt sich mit den Händen nervös über die Oberschenkel. »Ich allerdings habe noch nie gedacht, dass du ein Junge bist. Du bist für mich ein Mädchen, mit dem man sich als Junge gerne unterhält, weil du einfach auch ein bisschen wie … wie …«

»Weil ich wie ein Junge bin?!«

Mir reicht's. Ich will nichts mehr hören. Diese Jungs-Sache wird immer schlimmer. Es hilft nichts. Ich werde dringend an meinem Erscheinungsbild arbeiten müssen. Es ist einfach so, dass mir erst in den letzten Tagen klar geworden ist, wie ich tatsächlich rüberkomme. Und zwar durch Alice und ihre beleidigende Äußerung. Eigentlich sollte ich ihr total dankbar sein, dass sie mich gefragt hat, ob ich mir auch wirklich sicher bin, dass ich ein Mädchen bin. Sie hat mir sprichwörtlich die Augen geöffnet. Ich werde ihr nachher eine *WhatsApp* schreiben und mich aufrichtig für ihre Gemeinheiten bedanken.

»Okay. Ich habe ein Problem«, sagt Elias und steht wieder von meinem Bett auf. Bevor ich fragen kann, worum es sich dabei handelt, sagt er es schon: »Ich habe mich unsterblich in Herrn Manskes Freundin verliebt.«

»Was?« Ich starre ihn an, wie er plötzlich bleich in der Mitte meines Zimmers steht und mit zittrigem Zeigefinger seine Brille die Nase hinauf schiebt. Als würde er gleich eine Art Nervenzusammenbruch oder so was erleiden. Ich frage: »Meinst du das ernst?«

Er nickt nur. Mit seinem Topfschnitt, der noch abgedrehter als Herrn Manskes Musketier-Frisur ist.

»Aber Herrn Manskes Freundin ist mindestens dreißig Jahre älter als du!«, gebe ich noch mal zu bedenken.

»Nein. Nur dreiundzwanzig. Ich habe Herrn Manske heute gefragt, wie alt Susanne ist.«

Ich gucke Elias mit offenem Mund an. »Susanne?!«

»So heißt sie.«

»Woher weißt du das?«

»Weil ich Herrn Manske danach gefragt habe.« Elias knetet seine Hände. Er wird immer bleicher und kriegt Schnappatmung.

»Du hast Herrn Manske nach seiner Freundin ausgehorcht?«

Elias wankt zurück zu meinem Prinzessinnen-Bett und lässt sich rücklinks in die pinke Bettwäsche fallen. Er breitet die Arme aus und ruft: »Ich weiß, es ist unmoralisch. Aber sie ist ein Engel. Ich kann nicht mehr ohne sie leben.«

»Äääh.« Damit habe ich jetzt nicht gerechnet. Ganz ehrlich: das Problem, das Elias hat, ist schlimmer als meins. Ich will definitiv nicht in seiner Haut stecken. Da ist es echt angenehmer, für einen Jungen gehalten zu werden, als sich in die Freundin des eigenen Klassenlehrers zu verlieben. Es braucht keine Wahrsagerin mit Kristallkugel, um zu wissen, dass aus Elias und »Susanne« nie ein Paar werden wird. Diese verrückte Liebe wird absolut einseitig bleiben.

Elias richtet sich wieder auf. Er guckt mich aus riesigen Teddyaugen an. »Okay. Was soll ich tun?«

»Was du tun sollst?« Ich komme etwas näher zum Bett heran. Irgendwie habe ich Angst, mich bei Elias mit dieser seltsamen Krankheit anzustecken. Es ist, als hätte er jeglichen Sinn für die Realität verloren. Aber er sagt nur leicht angesäuert: »Fällt dir eigentlich auf, dass du jeden Satz von mir wiederholst?«

Ja, aber auch nur, weil alles, was Elias sagt, total hirnrissig ist. Das zumindest scheint ihm plötzlich auch klar zu werden, denn er wispert: »Wehe, du erzählst auch nur einer Menschenseele davon!«

»Niemals.«

»Okay, was soll ich machen? Susanne Blumen schicken? Ihre Telefonnummer rauskriegen? Ihr selbst geschriebene Liebesgedichte per *Voicemail* senden?«

»Nein! Nein! Nein!« Ich setze mich mit etwas Abstand zu Elias auf die Bettkante.

»Was dann?« Er macht einen wirklich weggeschossenen Eindruck. Als sei er wahnsinnig geworden oder so. Vielleicht ist das so, wenn man verliebt ist. Da kann ich nur hoffen, dass mir das nie passiert. Er überlegt: »Ich könnte vor ihrem Haus auf sie warten.«

»Und dann?« Ich sehe Elias durchdringend an, damit er sich mithilfe meines starken Blicks wieder beruhigen kann.

»Keine Ahnung?! Ich könnte vor ihr auf die Knie fallen und ihr sagen, dass wir füreinander bestimmt sind und wir von nun an unser Leben miteinander verbringen werden.«

Das klingt so bescheuert! Ich fasse es nicht! Aber Elias scheint es total ernst zu meinen. Ich sage also vorsichtig: »Und was ist mit Herrn Manske? Ich meine, er ist unser Klassenlehrer.«

»Ja, darüber habe ich auch schon nachgedacht«, seufzt Elias und sieht auf seine ineinanderverkrampften Hände. »Ich werde die Klasse wechseln müssen.«

Offenbar hat sich mein guter alter Freund schon alles herrlich zurechtgelegt. Ich brauche ihn gar nicht zu fragen, was dann mit mir ist, wenn er die Klasse wechselt, weil er so einen Quatsch sagen wird wie: »Das ist der Preis der Liebe!«

»Alles klar.« Ich lächle verständnisvoll. »Nehmen wir mal an, du lauerst Susanne vor ihrem Haus auf, fällst auf die Knie und gestehst ihr deine Liebe. Was, wenn sie dich nicht liebt, weil sie schon Herrn Manske liebt?«

Und weil Elias dreiundzwanzig Jahre jünger ist als sie und seine Frisur noch heftiger ist als die von Herrn Manske! Aber diesen nicht ganz unbedeutenden Fakt scheint mein bester Freund ja geflissentlich ignorieren zu wollen.

»Das wird nicht passieren.« Elias sieht mich jetzt fest und warnend an. Er will also keine weiteren Einwände von mir hören. Ich schätze, ich soll ihm nur die Vollmacht für diese Wahnsinns-Aktion erteilen. Aber das kann ich nicht.

Darum erkläre ich nur: »Tu, was du nicht lassen kannst. Du allein trägst die Verantwortung für deine Handlungen.«

Den Satz habe ich von Mama. Den verwendet sie gerne mal bei ihrer Familienberatung an, wenn die Leute sich gegenseitig die Schuld für ihre Probleme zuschieben.

»Richtig.« Elias steht wieder auf und geht durchs Zimmer. »Ich trage die Verantwortung. Das bedeutet: Wenn ich Susanne nicht meine Liebe gestehe, werde ich auf ewig dazu verdammt sein, mich zu fragen, ob etwas aus uns hätte werden können.«

»Verstehe.«

Elias kramt in seiner Schultasche, die er neben der Tür abgestellt hat, zieht zwei Arbeitsblätter raus und meint: »Hier. Musst du bis morgen ausfüllen.«

»Danke.« Ich nehme die Blätter mit meiner umwickelten Hand, doch Elias lässt sie nicht los. Er sieht mich weiter durchdringend an.

Schließlich sagt er: »Mir scheint, du und ich, wir werden erwachsen. Der Grund, warum du heute nicht in der Schule warst, ist nicht deine Beule am Kopf. Sie ist nur das Symbol dafür, dass wir gerade schwerwiegende Erfahrungen sammeln. Du hast erkannt, dass du nicht länger wie ein Junge aussehen willst. Und ich habe erkannt, dass ich sehr viel Liebe zu geben habe. Wie ein Mann.«

»Okay.« Ich lächle gequält. Gleichzeitig bin ich froh, dass ich nicht Elias' auserwählte Herzensdame bin.

»Vielleicht werden wir uns im Leben öfter mal die Finger verbrennen, aber wir sollten nie zu feige sein, nach dem glühenden Herz der Leidenschaft zu greifen. Und genau das werde ich jetzt tun.«

»Okay.«

Endlich lässt Elias die Arbeitsblätter los. Er nickt mir zu und in ihm scheint die Anspannung etwas nachzulassen. Denn als er sich zum Gehen wendet und nach der Klinke greift, fragt er mit ganz ruhiger Stimme: »Was hast du eigentlich mit deinen Händen gemacht?«

»Ich habe mir bereits die Finger verbrannt«, lächle ich matt.

# VERRÜCKTE DINGE

Tja, jetzt haben wir den Salat! Ich habe keinen Ort mehr, an dem ich sein möchte. Mal abgesehen von meinem Bett, in dem ich gerade noch liege und meinen Wecker ausschalte. Aber gleich wird meine Zimmertür aufgehen, Mama wird reinkommen und wie jeden Morgen sagen: »Aufstehen, mein Super-Schatz!«

Dann wird sie gewohnheitsmäßig zum Fenster gehen, um meine rosafarbenen Vorhänge zur Seite zu ziehen, die leider nicht mehr dort hängen. Also wird sie kurz betrübt gucken und dann sagen: »Hopp, hopp! Steh auf, sonst kommst du zu spät zur Schule.«

Sie wird wieder rausgehen und unten am Frühstückstisch mit Papa auf mich warten. Und mit dem Frühstückstisch fängt mein Problem an. Ich kann leider nicht mehr neben Mama und Papa am Tisch sitzen, das umgedrehte Bild mit dem blauen Strampelanzug im Augenwinkel, und die beiden nicht fragen, was in diesem Haus eigentlich vor sich geht. Denn: Dieses Gespräch steht noch aus. Gestern hatte ich keine Lust mehr, dieses brisante Thema mit Mama durchzukauen. Ich hatte schon genug mit meinen verbrannten

Fingern und mit Elias zu tun. Meine Fingerspitzen brennen noch immer tierisch, aber in mir ist so ein großer Kloß, weil ich Angst habe, Mama und Papa auf diese Sohn-Geschichte anzusprechen. Wer weiß, was bei der Aktion rauskommt? Am liebsten will ich natürlich die Wahrheit erfahren, also ob sie lieber einen Sohn haben wollten oder nicht. Auf der anderen Seite will ich mir keine Lügen anhören von wegen: »So ein Blödsinn, Lisa! Wie kommst du denn darauf?!« Oder noch schlimmer: Dass sie sich mit mir abgefunden haben und sagen: »Ach Schatz, im Nachhinein freuen wir uns auch sehr, dass du ein Mädchen geworden bist. Auch, wenn wir es uns eigentlich anders gewünscht haben.«

So, wie es aussieht, werde ich diesem Gespräch allerdings nicht für ewig ausweichen können. Kein Mensch kann mit ungeklärten Fragen durchs Leben gehen! Aber vor der Schule so ein kniffliges Thema anzuschneiden, wo Papa es immer so eilig hat, rechtzeitig ins Büro zu kommen, ist vielleicht auch nicht so optimal. Also verschieben wir das auf heute Abend.

Das Blöde ist nur, dass ich auch nicht in die Schule will, weil ich da auf Alice treffe. Und auf Elias, der schon längst einen geheimen Plan geschmiedet hat, wie er dem immer fröhlichen Herrn Manske die Liebe seines Lebens ausspannen kann. Ich werde es mir nicht mit ansehen können, wie Herr Manske mit seinem Kaffeebecher ahnungslos ins Klassenzimmer kommt und sich damit flott und fröhlich aufs Pult setzt. Elias wird sich, wie so ein Hochverräter, nichts anmerken lassen und seelenruhig weiter an seinen futuristischen Automobilen zeichnen. Und das Ganze mit der stillen und großherzigen Duldung von Herrn Manske, der es toll findet, dass Elias so für seine Leidenschaft brennt. Wenn Herr Manske wüsste, dass sich Elias' Leidenschaft nicht nur auf seine Automodelle beschränkt, würde ihm heiß und kalt werden. Wenn wir eins gelernt haben: dass Elias mehr als zielstrebig ist, beim Verfolgen seiner ganz persönlichen Zukunftspläne.

Wo soll ich also hin? Ins Waisenhaus möchte ich auch nicht. Denn leider bin ich gerade ziemlich eifersüchtig auf Lasse, weil der hundert Prozent dem Wunschkandidaten meiner Eltern entspricht. Er sieht aus wie ich, ist aber tatsächlich ein Junge und tut nicht nur so. Würde ich ihm in meinem momentan aufgewühlten Zustand begegnen, könnte ich unter Umständen fies zu ihm werden. Der Arme wüsste gar nicht, was er mir getan hat – hat er ja auch nicht. Bis jetzt! Aber gerade habe ich so meine Bedenken, er könnte mir was tun. Und zwar, indem er am Sonntag hier einmarschiert und meine Eltern verzaubert.

»Aufstehen, mein Super-Schatz!« Mama steht in der offenen Zimmertür und strahlt übers ganze Gesicht.

Keine Ahnung, was es da zu strahlen gibt? Ich gucke stumm zurück. Sie kommt näher heran und kriegt einen leicht besorgten Gesichtsausdruck.

»Alles in Ordnung, mein Schatz? Tun deine Finger weh? Soll ich noch mal eben den Verband wechseln?«

Ich schüttle den Kopf. »Nicht nötig.«

Sie geht zum Fenster und will die Vorhänge aufziehen. Als

sie merkt, dass keine mehr da sind, sagt Mama: »Wollen wir heute zu Ikea fahren und dir schicke Rollos besorgen?«

»Ich nehme schwarze«, sage ich. »Und schwarze Wandfarbe.«

»Vielleicht nehmen wir dann auch gleich noch schwarze Bettwäsche, schwarze Bilderrahmen, ein paar schwarze Plastikblumen und schwarze Kerzen mit?« Mama grinst und findet sich unheimlich lustig. Im Gegensatz zu mir. Manchmal wünschte ich, Mama würde nicht aus allem, was ich aus Protest sage, einen Scherz machen. Also grummle ich: »Das ist nicht witzig.«

»Ich weiß.« Mama kommt zu mir, beugt sich runter und gibt mir einen Kuss auf die Stirn. »Und jetzt hopp, hopp. Sonst kommst du zu spät zur Schule.«

»Ich gehe nicht hin«, erkläre ich. »Ich schwänze heute.«

Jetzt macht Mama keinen Scherz mehr. Sie setzt sich auf meine Bettkante und setzt automatisch ihr Therapeuten-Gesicht auf. »Geht es dir nicht gut? Bedrückt dich etwas?«

»Eine ganze Menge«, brumme ich, obwohl ich das gar nicht will. Schließlich will ich Mama jetzt nicht mein Innerstes präsentieren. Aber dafür ist es bereits zu spät. Sie hat natürlich sofort gemerkt, dass ich unter etwas leide. Das ist ihr Job. Sie faltet die Hände im Schoß, atmet tief ein und aus, um sich innerlich zu beruhigen und um mir den Raum zu geben, alles zu erzählen, was mich bedrückt. Mama sagt, das funktioniert bei ihren Patienten ausgezeichnet. Nur nicht bei mir. Ich fühle mich sofort wie ein Hirni, der therapiert werden muss. Die Nummer soll Mama mal schön mit ihren

Patienten abziehen, ich durchschaue sie. Sie lächelt milde und fragt: »Also: Was ist los, mein Schmusebär?«

»Nichts.« Ich presse die Lippen zusammen. Aber in meinem Kopf sagt diese Stimme, dass ich jetzt, genau jetzt wissen muss, was es mit diesem blauen Strampelanzug auf sich hat. Darum öffnen sich meine Lippen gegen meinen Willen und diese Stimme fragt laut und deutlich: »Willst du lieber einen Sohn haben?«

»Bitte?« Mama starrt mich an, als wäre ich ein Gespenst oder was anderes Gruseliges.

»Ich habe gefragt, ob du lieber einen Sohn hättest?«

»Wie kommst du darauf?«

»Weil du dafür sorgst, dass ich aussehe wie ein Junge.«

»Aber dafür sorge ich nicht.« Mama guckt mich alarmiert an. Sie scheint echt aus allen Wolken zu fallen, so, als müsste sie gleich losweinen. Das finde ich ja jetzt doch beunruhigend. Insgeheim habe ich gehofft, dass Mama mir gleich signalisiert, dass ich totalen Quatsch rede. Aber irgendwie scheine ich hier mitten ins Schwarze getroffen so haben, so nervös, wie Mama wirkt.

Ich sage: »Ach ja? Wer lässt mir denn immer die Haare beim Friseur so kurz schneiden?«

»Ja, aber doch nur, weil deine Haare so kraus sind und es dir als Kind immer so wehgetan hat, wenn Papa oder ich sie durchgekämmt haben. Du hast immer so geweint …« Mama kriegt gleich ein bisschen feuchte Augen. Vielleicht sollte ich das Thema besser fallen lassen. Auf der anderen Seite weiß ich, dass ich erst wieder Ruhe finde, wenn wir die

Sache einmal komplett durchgesprochen haben. Auch wenn es Mama irgendwie zu schmerzen scheint. Vermutlich, weil sie sich erwischt fühlt und mir gegenüber schon seit Jahren ein furchtbar schlechtes Gewissen hat, dass sie mich nicht so lieben kann, wie wenn ich ein Junge wäre.

Ich starre sie finster an: »Und was ist deine Erklärung für meine bekloppten Jungsklamotten, die du mir immer kaufst?«

»Jungsklamotten?« Mama guckt mich hilflos an. »Ich kaufe dir doch keine Jungsklamotten!«

»Doch!«, sage ich. »Die Jeans! Die grünen T-Shirts! Die blauen Sweatshirts! Die Turnschuhe!«

»Aber das sind doch keine Jungsklamotten«, meint Mama allen Ernstes.

Jetzt werde ich doch etwas sauer. »Klar sind das welche! Hast du jemals Alice in solchen Klamotten rumlaufen sehen? Mädchen tragen Rosa! Alles rosa!«

»Ich wusste nicht, dass du so auf Rosa stehst. Ich meine, du hast doch gerade erst deine rosa Vorhänge und deinen pinken Tüllhimmel abgehängt und jetzt willst du sogar schwarze Rollos …«

»Ja! Jetzt! Weil ich JETZT in der Pubertät bin! Aber vorher war ich NICHT in der Pubertät und da stand ich noch auf ROSA!« Ich gucke Mama richtig böse an, damit ich den Käse selber glaube, in den ich mich da gerade reinsteigere. Ich tue meiner armen Mama gerade ziemlich unrecht, aber ich kann nicht anders, weil ich Sorge habe, dass sie mich nicht mehr liebt, und darum muss ich unsere Verbindung sofort selbst zerstören.

Mama steht von der Bettkante auf und sieht zu mir herunter. Sie sagt ganz ruhig. »Was auch immer du in Zukunft anziehen möchtest. Wir werden es dir kaufen. Und wenn du nur noch in Schwarz herumlaufen willst. Aber dazu musst du Papa und mir überhaupt erstmal verraten, was du möchtest, denn das können wir nicht ahnen. Also mach mit jetzt keine Vorwürfe, dass ich nichts wusste von dem, was du dir heimlich gewünscht hast.«

Damit dreht sich Mama um und geht zur Zimmertür. Als sie fast draußen ist, rufe ich ihr mit heiserer Stimme hinterher: »Und warum habt ihr mir einen hellblauen Strampelanzug gekauft und keinen rosafarbenen?«

Es dauert, bis Mama sich langsam zu mir umdreht. Ihre Augen sind mit einem Mal ganz müde und rot umrandet. Sie sieht mich nur an und flüstert: »Ob hellblauer oder rosa Strampelanzug: Du bist unser Ein und Alles. Vergiss das nie!«

Dann geht sie raus und schließt leise die Tür. Ich lausche. Ich höre nichts. Nicht wie sonst, dass Mama die Treppe hinuntergeht und in der Küche mit Geschirr klappert. Ich höre gar nichts. Auch nicht Papas fröhliche Stimme, die munter drauflos erzählt. Ich höre nicht Mamas Lachen. Ich höre ein Geräusch der absoluten Stille, das ich zu Hause nur ein einziges Mal in meinem ganzen Leben gehört habe. Irgendwann. Es ist schon sehr lange her. Ich weiß nicht mehr, wann es war. Ich erinnere mich nur ganz plötzlich, dass dieses gespenstische Geräusch einmal schon bei uns zu Hause war. Und mit einem Mal weiß ich, dass es etwas mit dem blauen

Strampelanzug zu tun hat. Nur weiß ich nicht was. Ich werde es herausfinden. Keine Ahnung wie. Vielleicht frage ich Papa mal ganz nebenbei und ungezwungen, zum Beispiel wenn er mich gleich zur Schule bringt.

# EIN MANN – EIN WORT

»Guten Morgen, Leute!« Herr Manske kommt, wie erwartet, mit glückseligem Lächeln in den Klassenraum, packt seine Tasche aufs Pult, hockt sich daneben und nimmt erst mal einen großen Schluck Kaffee. Dann stellt er den Becher ab, klatscht in die Hände und sieht uns alle erwartungsvoll an, so, als sei das hier schon wieder der Morgen seines Lebens. Als hätte er nicht schon hundertfach die trostlose Erfahrung gemacht, dass von uns Schülern nichts Inspirierendes zu erwarten ist. Ich schätze, Herr Manske gibt die Hoffnung nicht auf, dass wir irgendwann alle frei im Kopf werden und irgendwas Überraschendes von uns geben. Als Zeichen, dass er seinen Lehrauftrag erfolgreich erfüllt hat. Dass er uns nichts mehr beibringen kann, weil wir endlich das Allerwichtigste gelernt haben: Wie man frei im Kopf wird. Da kann ich ihn beruhigen! Zumindest einer aus unserer Klasse fühlt sich seit einigen Tagen wirklich frei im Kopf. Elias! Als ich vorhin reinkam, hat er nur kurz von seiner Zeichenarbeit aufgeguckt. Ist ihm wohl peinlich, seine Liebes-Beichte. Gut so!

Der Rest von uns guckt Herrn Manske, wie jeden Morgen, nur stumm an, weil wir wissen, dass er gleich mit seiner One-Man-Show loslegen wird. Im Versuch, uns mitzureißen, uns zu begeistern und uns aufzurufen, selbst was Tolles aus unserem Leben zu machen. Sogar ich gucke ihn jetzt nur leicht weggetreten an, weil ich heute noch weiter als sonst davon entfernt bin, im Kopf frei zu sein.

Leider hat mich Papa nicht zur Schule gefahren, weil er einen wichtigen Termin hatte. Also hat Mama mich gebracht und die war nach der Strampelanzug-Nummer von heute Morgen nicht so richtig gesprächig. Deshalb habe ich mich nach hinten gesetzt und mir überlegt, dass ich Alice ab jetzt so behandeln werde wie sie mich. Nämlich wie Luft.

Was gar nicht so einfach ist. Denn sie sitzt ja direkt neben mir. Und jetzt, wo ich heute zum ersten Mal nicht zu ihr geguckt habe, um treu und tapfer trotzdem ›Hallo!‹ zu sagen, wirkt sie plötzlich seltsam nervös. Sie scharrt mit ihren Füßen, seufzt immer wieder, fummelt in ihrem Federetui herum, klickt sich ihre Haarspangen neu ins Haar, als hätte sie Sorge, dass ich noch nicht bemerkt haben könnte, dass sie neben mir sitzt. Tja, Alice. So beknackt fühlt sich das an, wenn einen die ehemals beste Freundin wie Luft behandelt. Ich grinse – und zack! – hat Herr Manske mich im Visier!

Sofort zeigt er mit dem Finger auf mich: »Super! Du hast gerade gegrinst! Also ist dir was Witziges durch den Kopf gegangen! Genial, Lisa! Erzähl uns davon! Lass uns teilhaben an deiner guten Laune! Woran hast du gedacht?«

»Äh …« Ich gucke Herrn Manske an, als sei ich plötzlich

blöd im Kopf. Ich spüre, wie Alice mich interessiert von der Seite mustert. Ich kann ja schlecht sagen, dass ich grinsen musste, weil ich triumphiere, dass Alice jetzt mal am eigenen Leib spürt, wie anstrengend es ist, ignoriert zu werden. Das würde kein gutes Licht auf mich werfen. Ich schätze, Herr Manske steht nicht so auf Schadenfreude. Ich schätze, er wäre ziemlich enttäuscht von mir.

Er guckt mich mit seinen freundlichen Augen an. Alles an ihm ist so freundlich. So unschuldig. So perfekt. Ehrlich! Eigentlich ist Herr Manske ›der‹ Engel. Oder vielleicht ist auch seine Susanne ein Engel. Vielleicht sind sie beide Engel und wurden füreinander bestimmt. Jedenfalls ist Herr Manske so einer, den man nicht anlügen kann. Also sage ich mit rauer Stimme: »Ich habe mich gefreut.«

»Ja! Das habe ich gesehen! Super! Freude ist gut! Sie zeigt, dass du etwas spürst. Dass du nicht abgestumpft bist. Dass du die Schönheit der Welt siehst.«

Ich räuspere mich: »Um genau zu sein war es Schadenfreude.«

»Uh! Verstehe! Hm.« Herr Manske macht ein nachdenkliches Gesicht. »Wow! Okay!«

Es ist ihm anzusehen, dass er damit nicht gerechnet hat. Schließlich bin ich bisher immer sein Hoffnungsschimmer hier in der Klasse gewesen. Ich schlucke und denke, dass es jetzt an der Zeit ist, alle Karten auf den Tisch zu packen. Heute ist der Tag der Tage. Heute zeige ich der Welt, wie es in mir aussieht. Damit habe ich ja heute Morgen schon bei Mama angefangen. Also machen wir gleich weiter damit, sodass alles in Flammen steht und ich mich nirgendwo mehr blicken lassen kann. Auf der anderen Seite tut es mal ganz gut, das auszusprechen, was man sich sonst nicht traut, aus Angst, dass die anderen einen schwach oder peinlich finden.

Herr Manske nimmt noch einen Schluck Kaffee und meint: »Erzähl uns von deiner Schadenfreude. Vielleicht können wir uns ja mit dir freuen.«

»Das glaube ich nicht«, sage ich und plötzlich merke ich – obwohl ich am Hinterkopf keine Augen habe – wie Elias von seiner Zeichnung aufblickt und die Ohren spitzt, als hätte er Sorge, ich könnte ihn und sein geheimes Vorhaben verraten. Das würde ich niemals tun, auch wenn ich die Ahnungslosigkeit von Herrn Manske kaum aushalte.

Unser Lehrer guckt mich durchdringend an: »Ist es so schlimm?«

Alice glotzt mich jetzt ebenfalls richtig interessiert an, meine ganze Klasse sieht zu mir und hält den Atem an. Nana flüstert Linda was ins Ohr. Die Angelegenheit wird immer dramatischer.

Ich hole tief Luft und sage die Wahrheit: »Na ja, wie man's nimmt. Also zuerst war es schlimm für mich. Nämlich, dass Alice auf ein Mal nicht mehr mit mir befreundet sein wollte. Obwohl wir seit wir drei Jahre alt sind, die dicksten Freundinnen waren.«

Noch bevor ich das mit den ›dicksten Freundinnen‹ ausgesprochen habe, reißt Alice den Arm hoch, als wollte sie sich melden, und ruft: »Kann ich mal was dazu sagen?«

Herr Manske hebt beruhigend seine Hand. »Moment.

Hören wir erst einmal Lisa zu. Dann bist du an der Reihe.«

»Aber …« Alice scharrt jetzt aufgeregt mit den Füßen.

Dafür schlafft Elias hinter mir merklich ab und versinkt wieder in seiner Zeichnung. Toll, dass er sich so für mich und mein Schicksal interessiert! Na ja.

Ich fahre fort: »Ich kenne bis heute nicht den Grund, warum Alice nicht mehr mit mir befreundet sein will. Meines Wissens habe ich ihr nichts getan.«

Nun gucke ich meine ehemals beste Freundin doch böse an und ich merke, wie lange ich meine Enttäuschung schon unterdrückt habe. Viel zu lange! Sie guckt wütend zurück. Aber da Alice nichts sagen darf, spreche ich weiter: »Ich habe Alice immer und immer wieder gefragt, warum sie so gemein zu mir ist und so tut, als sei ich unsichtbar! Aber sie hat einfach nichts gesagt. Bis vorgestern, in der Bücherei, wo wir bei dem Konzert ohnmächtig geworden sind …«

Durch die Klasse geht ein Kichern und dieses Mal flüstert Linda Nana etwas zu.

Herr Manske nickt mitfühlend mit seiner Musketier-Frisur. »Okay, was war da?«

»Da lagen Alice und ich auf diesen Liegen und plötzlich meinte Alice zu mir, dass ihr schlecht wird, wenn sie daran denkt, dass ich früher bei ihr übernachtet habe.«

»Wow! Das ist hart!« Herr Manske klopft sich mit der Hand auf den Oberschenkel. »Echt hart!«

»Äh, Herr Manske, darf ich mal bitte was sagen?«, ruft Alice wieder dazwischen. Aber unser Lehrer schüttelt nur sein rotes Haar.

Also füge ich noch hinzu: »Und sie hat gesagt, dass ich ihr peinlich bin und …«

Herr Manske sieht mich wirklich erschrocken an. Und ich beschließe, dass ich ab jetzt besser schweige, um nicht am Ende als Petze dazustehen. Ich sage nur noch diese eine Sache, nämlich: »Und deswegen habe ich heute damit angefangen, Alice auch wie Luft zu behandeln und ich hatte das Gefühl, dass sie das nervös macht, und das fand ich lustig.«

»Und das war deine Schadenfreude?«, fragt Herr Manske.

Ich nicke. »Jep.«

Die Klasse kichert wieder. Ich drehe mich kurz zu Elias um, der mich durch seine Brillengläser ansieht und fast unmerklich den Kopf schüttelt. So, als fände er es albern, dass ich allen erzähle, was mit mir los ist. Dabei hat er mir gestern was viel Krasseres über sich erzählt. Und ich bemühe mich, darüber nicht zu urteilen. Also drehe ich mich wieder um und versuche, mich ganz locker zu geben.

»Kann ich jetzt bitte endlich was dazu sagen?«, fragt Alice und klingt plötzlich weinerlich. Estelle legt beschützend den Arm um sie, als sei Alice wer weiß was passiert. Dabei hat sie mit diesem Blödsinn überhaupt erst angefangen. Sie hätte mir ja einfach mal sagen können, was sie stört, anstatt mich wie die letzte Vollidiotin zu behandeln.

»Sicherlich.« Herr Manske macht so eine Geste, dass sie loslegen soll. »Nimm Stellung.«

Alice holt tief Luft und meint: »Zur Info: Lisa und ich waren nie gute Freundinnen!«

»Was?«, rufe ich empört. Aber Herr Manske macht so

ein Zeichen, dass ich augenblicklich schweigen soll. So, wie Alice eben. Was echt schwerfällt, wenn sie solche Lügen verbreitet. Die Klasse wundert sich auch. Ich sehe, wie Susi sich an den Kopf tippt. Na gut. Warten wir's ab, was noch von Alices Seite kommt.

Sie sagt: »Lisa hat sich wie eine Klette an mich gehängt und dauernd gefragt, ob wir was zusammen machen können. Mein Meerschweinchen füttern und solche Sachen. Weil sie mir leidtat und ich so sozial bin, hab ich ihr eben den Gefallen getan.«

Ich halte es nicht aus! Alice lügt wie gedruckt! Ich könnte durchdrehen. Aber mein Klassenlehrer guckt mich mahnend an, dass ich stark und geduldig sein soll. Boah! Dabei könnte ich Alice schütteln, die jetzt auch noch behauptet: »Ich fand es ab einem Punkt allerdings einfach nur gerecht, Lisa reinen Wein einzuschenken und ihr zu zeigen, dass ich eigentlich gar nicht ihre Freundin sein will, sondern die von Estelle. Das habe ich Lisa mehrfach total freundlich gesagt. Aber sie konnte es wohl nicht einsehen, weil sie abhängig von mir ist.«

Ich schnappe so was von nach Luft! Die hat ja wohl nicht mehr alle Tassen im Schrank.

Herr Manske sieht zuerst Alice, dann mich ernst an und meint langsam: »Okay. Jetzt haben wir beide Seiten gehört. Was machen wir da? Wie finden wir eine Lösung?«

Ich will Gerechtigkeit, denke ich. Und die Wahrheit. Aber die wird Alice niemals von sich geben. Weil sie sich die Geschichte inzwischen hübsch zurechtgelegt hat, damit sie fein raus ist. Gerade, als ich schon aufgeben will und mir die ganze Sache droht peinlich zu werden, weil unsere Klasse inzwischen anfängt zu wispern und sich alle ihr ganz persönliches Bild von der Story machen und Alice schluchzt und sich von Estelle mit Taschentüchern versorgen lässt, steht Elias mit einem Mal schräg hinter mir von seinem Platz auf und erklärt mit ungewohnt lauter Stimme: »Schäm dich, Alice! Wir sind zu dritt in den Kindergarten gegangen. Du, Lisa und ich. Und danach waren wir immer zusammen in einer Klasse. Und wenn ich eins weiß: Dann, dass du und Lisa immer dicke Freundinnen wart und dass sich Lisa nie an dich geklettet hat!«

Herr Manske steht von seinem Pult auf und sagt voller Anerkennung: »Ein Mann – ein Wort! Danke, Elias!«

Elias grinst und meint: »Keine Ursache!«

Und Susi klatscht kurz in die Hände und sieht Elias begeistert an.

Schätze, jetzt fühlt er sich wirklich richtig wie ein Mann. Dieses Gefühl hat er noch gebraucht, um Herrn Manske seine Susanne abspenstig zu machen. Und ich, ganz persönlich, habe Elias die Möglichkeit dazu verschafft, indem ich mein Problem mit Alice vor der gesamten Klasse und vor Herrn Manske ausgebreitet habe. Trotzdem lächle ich Elias dankbar an, weil er sich offenbar doch für mein Schicksal interessiert und sich für mich eingesetzt hat. Die Klasse scheint das auch gut zu finden. Zumindest die Hälfte der anwesenden Leute klatscht nun auch.

Alice wischt sich mit dem Taschentuch im Gesicht herum

und Estelle zischt in meine Richtung: »Gratuliere! Ganz toll! Guck, was du angerichtet hast! Ihr Herz ist gebrochen und ihr ganzes Augen-Make-up ist verwischt.«

In der Klasse wird es immer unruhiger, weil jetzt alle untereinander diskutieren, wem mehr zu glauben ist. Mir oder Alice. Damit wieder Ruhe herrscht, klatscht unser Lehrer in die Hände und erklärt: »Okay, Leute. Wir sind eine Klasse! Ein Team! Wir sind alle Freunde – keine Feinde. Ich finde es super, dass wir heute die Unterrichtszeit genutzt haben, um eine persönliche Störung in unserem Klassensystem aufzudecken und zu besprechen. Allerdings sind jetzt insbesondere Alice und Lisa gefragt, ihr Problem miteinander zu lösen. Darum bekommt die ganze Klasse keine Hausaufgaben auf. Bis auf Lisa und Alice.«

»Hä?« Alice sieht Herrn Manske empört an. Ich sage gar nichts. Ich will einfach nur, dass endlich Frieden zwischen Alice und mir herrscht.

Unser Lehrer sagt: »Ich möchte, dass ihr euch am Sonntag trefft, entweder bei Lisa oder bei Alice zu Hause, und eine riesige Torte backt. Und zwar für die ganze Klasse. Damit ihr keine Unkosten habt, gebe ich euch zehn Euro aus der Klassenkasse mit.«

Herr Manske geht ums Pult herum, holt die klasseneigene Geldkassette aus der Schublade, schließt sie auf und klatscht vor Alice und mich einen Zehn-Euro-Schein. »Damit geht ihr einkaufen. Am Montag gibt's Torte!«

Die Klasse tobt vor Begeisterung! Bevor Alice und ich noch was sagen können, klingelt es und die Stunde ist vorbei

# AUF WIEDERSEHEN, SIGGI

Papa holt mich von der Schule ab. Ich hüpfe hinten ins Auto rein. Und noch bevor ich richtig auf der Rückbank sitze, rast Papa schon wieder los, weil er es noch über die Ampel schaffen will, die gerade auf Rot schaltet. Ich rufe: »Papa! Irgendwann überfährst du noch mal einen von meinen Klassenkameraden! Man darf bei Rot nicht fahren!«

»Verrat mich bitte nicht«, sagt Papa und rast die Straße runter. Aber er ist irgendwie gar nicht richtig bei der Sache. Ich weiß schon, nächstes Mal versucht er wieder über die Ampel zu kommen, während sie schon auf Rot schaltet. Mittags ist Papa meistens in Eile, weil er nur seine Mittagspause hat, um mich schnell nach Hause zu bringen. Danach muss er sofort wieder ins Büro düsen, wo er schon den nächsten Termin hat. Er könnte es auch stressfreier haben, in dem ich den Bus nehme. Aber das wollen Mama und Papa ja aus den bekannten Gründen nicht.

Mich stresst es jedenfalls voll, wenn Papa immer sämtliche Verkehrsregeln bricht, nur um wieder rechtzeitig ins Büro zu kommen. Ich meine, was ist, wenn er wirklich mal einen Schüler überfährt? Fragt er sich das eigentlich gar nicht? Dann musste ein Kind sterben, nur damit ich heil nach Hause komme! Das ist total verrückt und das werde ich Papa beizeiten auch mal sagen. Nur nicht jetzt, weil er gerade auch noch mit dem Handy telefoniert und seinem Kollegen irgendwelche oberwichtigen Fragen beantwortet. »Der Aktenordner mit der Steuererklärung von Frau Reichmann lag vorhin noch auf meinem Platz …« Das Auto schlingert. Hinter uns hupt jemand. Ich rufe: »Papa!«

Endlich wirft er sein Handy auf den Beifahrersitz, ich rutsche nach vorne und sage ernst: »Lass das bitte!«

Er guckt mich über den Rückspiegel an und meint: »Okay, ja! Hast recht! Das ist nicht gut.«

Ich rutsche wieder zurück und sehe aus dem Fenster. Draußen scheint die Sonne, auf den Straßen ist richtig viel los. Lauter Leute in kurzen Hosen und Röcken, die Eis essen, ihre Hunde ausführen, Kinder mit Dreirädern, Jungs mit Skateboards und so weiter. Nur ich fahre wieder zum Alte-Leute-Planeten, wo nichts los ist, außer Hundertjährigen, die in ihrem Garten laut Radio hören oder mit Gehilfen zum Supermarkt an der Ecke schlurfen.

Anstatt mein Problem mit Alice zu lösen, habe ich jetzt direkt noch ein neues dazu bekommen: Am Sonntag wollten eigentlich Lasse und Siggi zu uns kommen. Das geht nun nicht mehr, denn ich muss ja mit meiner ehemals besten Freundin Alice eine Torte backen. Das bedeutet, ich muss Lasse und Siggi absagen. Wenn ich das tue, werden sie richtig betrübt sein und vielleicht sogar denken, dass auf mich kein Verlass ist. Das ist richtig großer Mist!

Andererseits handelt es sich hier immerhin um eine offizielle Hausaufgabe. Die kann ich nicht einfach verschieben, sonst kriege ich eine Sechs. Im Übrigen löst diese Aufgabe wiederum mein Problem, das ich ja neuerdings mit Lasse habe. Solange er nicht zu uns nach Hause kommt, muss ich auch nicht befürchten, dass er die Herzen meiner Eltern im Sturm erobert. Wunderbar! Bleibt nur noch das Problem, dass ich Lasse und Siggi wieder ausladen muss – und das Tortebacken mit Alice. Das wird richtig stressig. Denn: Mal abgesehen davon, dass wir jetzt so richtig verfeindet sind, kommt noch hinzu, dass Alice immer von allem eine ganz genaue Vorstellung hat, wie was sein soll. Ich schätze, sie wird sich vorher schon aus dem Internet die tollsten und aufwendigsten Tortenbilder runterladen, an denen wir uns dann beim Herstellen der Torte orientieren werden. Nur um später die gesamte Klasse mit ›ihrer‹ Torte zu überraschen. Vermutlich werde ich beim Backen gar nicht mitmachen dürfen, mal abgesehen vom Abwasch. Damit Alice hinterher in der Klasse herumposaunen kann, dass SIE ganz alleine die Torte fabriziert hat! Prost Mahlzeit!

Papa blinkt und wir rasen um die Kurve in unser ausgestorbenes Wohnviertel. Hier kommt es mir jedes Mal so vor, als würden wir unter so einer futuristischen Glaskuppel leben. Hier weht echt kein Lüftchen. Sogar Papa bemerkt es, als ich aussteige. Jedenfalls fragt er: »Und? Was machst du Schönes heute Nachmittag?«

Die Frage ist echt frech! Darum sage ich nur: »Keine Ahnung? Mir die Haare mit Schuhcreme schwarz färben?«

»Hahaha!«, lacht Papa. »Da wird sich Mama aber freuen, wenn sie später nach Hause kommt.«

»Hahaha!«, sage ich und haue die Autotür zu. Ich finde Papa echt blöd! Der fährt wieder in sein Büro und hat da seinen Spaß, während ich hier alleine versauere. Oder auch nicht. Dann werde ich eben wieder zum Waisenhaus eiern und mir dort mit Siggi und Lasse den Nachmittag um die Ohren schlagen. Vielleicht treffe ich ja auch Ella. Irgendwas Witziges wird uns schon einfallen, schätze ich.

Papa braust wieder davon und ich klatsche die Haustür hinter mir ins Schloss. Als Erstes ziehe ich mir Ellas Karohemd wieder an, esse ein paar kalte Bratwürstchen aus dem Kühlschrank, dann noch eine ganze Schüssel voll *Froot Loops* gemischt mit *Cini Minis*, wobei ein paar auf den Küchenboden fallen, die ich aus Protest nicht aufhebe, weil ich diese Superaufgeräumtheit momentan nur schwer ertragen kann. Zehn Minuten später springe ich draußen auf mein Rad und stehe weitere fünf Minuten später vor dem Waisenhaus.

Gerade als ich mein Rad an der altbekannten Laterne anschließe, kommen Lasse, Siggi, Ella und Lila aus der Tür. Siggi rennt die Stufen runter: »He! *Sugar!* Gut, dass du da bist!«

Die anderen drei rennen auch die sonnenbeschienenen Stufen runter und umringen mich. Ich sage: »Ella, kann ich dir das Hemd nächstes Mal wiedergeben? Ich finde es so schön!«

»Klar!«

»Ja, sieht super aus«, sagt Lasse. Und Siggi verdreht die

Augen. Lila umarmt mich einfach nur, obwohl wir uns eigentlich noch gar nicht richtig kennen. Aber wie ich ja inzwischen weiß: Waisenkinder umarmen gerne. Es ist ziemlich schnell klar, dass wir heute den Nachmittag miteinander verbringen werde. Dass das mit Sonntag nicht klappt, muss ich ja nicht gleich erzählen, um die Stimmung nicht zu ruinieren. Immer schön eins nach dem anderen. Erst einmal ziehen Ella und Lasse mich hinter sich her, ums Haus herum, zwischen den hohen Rhododendren hindurch, Richtung Wäldchen. Siggi und Lila folgen. Lasse und Ella fassen mich an den Händen und wir gehen schnell, damit uns die Erzieherinnen nicht erwischen und fragen, was wir vorhaben. Denn so viel habe ich verstanden: wir haben was Verbotenes vor. Ich weiß noch nicht was, weil Lasse, Siggi und Ella nichts sagen, nur wichtige Gesichter machen. Lila redet ja sowieso nicht.

Wir verschwinden unter dem flirrenden Blätterdach. Der Efeu legt sich wie ein weicher Teppich über den Waldboden, zwischen den Stämmen schweben feine Pollen. Die gleißenden Sonnenstrahlen brechen durch die Baumkronen und werfen flirrende Lichtreflexe auf unsere nackten Arme. In den Ästen zwitschern die Vögel. Alles wirkt so wundersam und märchenhaft. Und dies ist ein ganz besonderer Tag. Wir laufen immer tiefer in den Wald hinein, einen schmalen Trampelpfad hinunter, wir steigen über Baumwurzeln, bis wir nach etwa zehn Minuten an einem schmalen Fluss ankommen, der allerdings eine ziemlich starke Strömung hat. So, als würden sie das jeden Tag machen, gehen Siggi, Lasse und Ella gleich ganz dicht an die Böschung heran. Am liebsten würde ich sagen: »Passt auf!« Aber ich will nicht ängstlich wirken. Also bleibe ich nur ein paar Schritte von ihnen entfernt stehen und Lila neben mir.

Ich sage: »Da sind ein paar heftige Strudel.«

Auch wenn Lila nicht spricht, hören kann sie ja. Sie nickt und sieht auch nicht gerade begeistert aus, als Siggi, Lasse und Ella die Böschung zum Flussufer hinunterklettern. Sie klammern sich an Gräser und herunterhängende Äste, um nicht ins Wasser abzurutschen. Ich rufe: »Was habt ihr eigentlich vor?«

Ella guckt kurz hoch und ruft zurück: »Heute ist der Todestag von Siggis Vater. Den begehen wir.«

»Aha«, rufe ich zurück. Lila rückt näher an mich heran und greift nach meiner Hand. Sie tritt von einem Bein aufs andere, so, als hätte sie wirklich Sorge, dass unseren drei Freunden etwas passiert. Sie klettern immer dichter ans Wasser heran, das säuselnd und bräunlich an uns vorbeischießt. Ich rufe: »Und wie begeht ihr diesen besonderen Tag?«

»Ich schwimme rüber!«, ruft Siggi.

Ich starre Lila an. Sie starrt zurück.

Ich sage: »Hat Siggi wirklich gerade gesagt, dass er auf die andere Seite vom Fluss schwimmen will?«

Lila nickt und macht ein Gesicht, als würde sie gleich losweinen.

Ich frage: »Kann er gut schwimmen?«

Sie zuckt mit den Schultern.

Ich frage: »Macht er das jedes Jahr zum Todestag?«

Lila wiegt leicht den Kopf und guckt wieder zu Lasse, Ella und Siggi, die jetzt beinahe hinter der Böschung verschwunden sind. Ich gucke auch hinüber und nach ein paar Sekunden halte ich es nicht mehr aus. Ich gehe näher an den Rand der Böschung heran und rufe zu Lasse, Ella und Siggi runter: »Leute, ich würde das lassen! Wirklich!«

Aber sie reagieren nicht auf mich, bis auf Lasse, der einmal kurz zu mir hochblinzelt und sich dann an Ella und Siggi festhält, die schon am Ufer stehen.

Ich rufe: »Könnt ihr überhaupt schwimmen?«

Jetzt starrt Siggi wütend zu mir hoch: »Wieso sollten wir nicht schwimmen können? Nur weil wir keine Eltern mehr haben? Weil mein Papi mich nicht an der Badehose hochgehalten hat, damit ich nicht untergehe?«

So habe ich das nicht gemeint. Und irgendwie doch. Denn natürlich hat mir mein Papa das Schwimmen beigebracht. Und das war echt mühsam, weil ich ständig angefangen habe zu strampeln und ihm ein paarmal voll in den Bauch getreten habe.

Ich hebe die Hand, zum Zeichen, dass es von mir nicht so gemeint war. Siggi schüttelt den Kopf und dann zieht er sich seine Hose und sein T-Shirt aus, während Lasse ihn stützt, damit er nicht schon vorher in die Fluten stürzt. Ella sammelt seine Klamotten über den Arm.

Weil ich mir jetzt wirklich Sorgen mache, brülle ich: »Hast du wenigstens Übung darin, einen Fluss zu durchqueren?«

Ella wirft mir einen genervten Blick zu und Lasse ruft:

»Nein, hat er nicht! Aber er muss es machen!«

»Warum muss er das machen?«, rufe ich zurück. Ich habe nicht vor, mich mit so billigen Behauptungen abspeisen zu lassen.

»Weil Siggi sich das geschworen hat.«

»Was hat er sich geschworen?«

»Dass er zum dritten Todestag seines Vaters einen Fluss durchquert, um seinen Tod zu sühnen!«

»Das macht überhaupt keinen Sinn!«, rufe ich.

Aber da fasst mich Lila plötzlich am Arm. Ganz sanft und sieht mich einfach nur stumm an. Soll wohl so ein Zeichen sein, dass ich keine Ahnung habe, wovon ich rede. Dass es unter Waisenkindern Gesetzmäßigkeiten gibt, die ich nicht verstehe und die ich auch nie verstehen werde. Also trete ich einen Schritt zurück und halte mich an einem herunterhängenden Ast fest, damit ich nicht das Gleichgewicht verliere. Auch wenn ich keine Ahnung von Todestagen habe, kann ich doch nicht einfach zugucken, wie Siggi sich ertränkt.

Ich höre meinen Atem. Die Sonne steht jetzt schräg am wolkenlosen Himmel und reflektiert feuerorange im Fluss. Lasse klopft Siggi auf die schmächtige Schulter. Ella umarmt ihn und wuschelt ihm durchs Haar, als wollte sie ihm damit sagen, dass sie weiß, wie tapfer und mutig er gerade sein muss. Ich sehe, wie Siggi tief Luft holt, sein ganzer schmaler Oberkörper hebt und senkt sich. Er macht noch einen tapsenden Schritt nach vorne. Dann springt er. Weg ist er. Er taucht nicht mehr aus dem schlammigen, strudelnden Wasser auf.

# WER BIST DU?

»Lisa! Tu was!«, schreit Lasse mir zu. »Siggi ertrinkt!«

Und Ella schreit: »Wir können nicht schwimmen!«

Lila stupst mich von hinten an der Schulter an und sagt plötzlich: »Bitte rette ihn!«

Was in den nächsten Sekunden passiert, kriege ich eigentlich gar nicht richtig mit. Es passiert ganz automatisch. Ohne nachzudenken. So, als würde mich eine außerirdische Kraft lenken, reiße ich mir Ellas enges Karohemd runter, strample mir die Schuhe von den Füßen und renne in Unterhemd und Jeans auf die Böschung zu. Ich stolpere, falle hin, stoße mich an einem Stein, rapple mich wieder auf, rutsche den Hang hinunter und stürze mich, zwischen Ella und Lasse hindurch, ins Wasser.

Vielleicht ist es total bekloppt, was ich hier tue. Vielleicht bedeutet es meinen Tod. Vielleicht sehe ich Mama und Papa nie wieder. Aber wenigstens habe ich das silberne Schwimmabzeichen. Ich strample unter Wasser, greife mit meinen Händen immer wieder ins Leere, ab und zu verfangen sich schlickige Gräser zwischen meinen Fingern. Irgendwas glitscht an meinem Arm vorbei. Ich tauche auf.

Sehe für den Bruchteil einer Sekunde Ella, Lila und Lasse sprachlos am Ufer stehen. Der Himmel ist blau. Wolkenlos. Die Sonne. Ich hole Luft und tauche wieder unter. In diese andere Welt, in der ich nichts sehe. In der kein Siggi ist. Ich kreisle. Meine Beine strampeln. Ich greife. Jetzt hab ich was. Ich habe was! Ich ziehe daran. Es ist ein Arm. Ein Siggi-Arm! Ich hab ihn. Ich schwimme. Ich strecke meinen Kopf nach oben. Mit der Nase stoße ich durch die Wasseroberfläche. Ich fühle Luft auf meinem Gesicht. Ich japse und atme. Ich gucke suchend. Wo ist das Ufer. Über mir hängen die langen Äste der Weiden. Fast bis hinunter zur Wasseroberfläche.

»Ich lasse dich nicht los!«, keuche ich. Ich schwimme, so schnell es mit einem Arm und zwei Beinen geht, zum Ufer. Ich ziehe Siggi hinter mir her. Durch die Strudel. Lasse kommt zu uns gelaufen. Er kniet sich in den Schlamm, neben ihm hockt Ella. Sie strecken ihre Hände aus, halten mich am Arm fest, ziehen mich raus. Und ich umklammere Siggis Handgelenk. Irgendwie schaffen wir es, Siggi ans schlammige Ufer zu ziehen und auf den Rücken zu drehen. Lila drückt mit aller Kraft auf seinen Brustkorb, damit das Wasser aus seinem Mund kommt.

Während ich noch im Schlamm sitze, zieht mir Ella das nasse Unterhemd aus und reicht mir ihr trockenes Karohemd. »Hier, zieh das an. Du hast ganz blaue Lippen.«

Lasse dreht sich freundlicherweise kurz weg.

»Ihr könnt nicht schwimmen?!«, bibbere ich. »Ihr habt doch gesagt, ihr könnt schwimmen!«

Lila ist wieder stumm und reicht mir meine Schuhe. So, als hätte sie nie etwas gesagt.

Als ich mir meine Turnschuhe zubinde, kniet sich Lasse zwischen mich und Siggi. Er guckt mich nur an. So ganz seltsam. Ich weiß nicht, was er denkt. Ich sehe nur, dass von ihm ganz plötzlich so eine heilige Stille ausgeht. Seine Augen sind ganz groß und dunkel. Dann umarmt er mich und fängt an zu weinen. Sein Gesicht ist an meinem Hals und er umarmt mich sehr, sehr fest, sein ganzer Körper bebt und er sagt immer wieder mit tränenerstickter Stimme: »Du hast ihn gerettet.«

Ella streichelt Lasse am Kopf und ich schlinge meine Arme um ihn, was echt ein bisschen merkwürdig ist. Ich sage ja, seit ich die Waisenkinder kenne, umarme ich dauernd Leute. Dann lässt Lasse mich endlich wieder los und wischt sich mit seinem Sweatshirtärmel die Tränen aus dem Gesicht. Siggi sitzt inzwischen auch wieder aufrecht. Er hat seinen Humor nicht verloren.

Er blinzelt mich an und sagt matt: »*Sugar!* Das war eine echte Glanzleistung! Ich stehe in deiner Schuld.«

Lila sagt gar nichts. Sie hält Siggi seine Klamotten hin, damit er sich wieder anziehen kann. Wir sind alle ziemlich voller Matsch, als wir uns aufrappeln und schweigend die Böschung hinaufklettern, hintereinander den Trampelpfad zurückgehen und uns ungesehen ins menschenleere Waisenhaus schleichen. Alle Kinder sind draußen im Garten und auf der Wiese. Sie spielen Fußball, klettern in den Apfelbäumen oder sitzen auf den Bänken und lesen Bücher.

Einige der Kinder liegen auf Picknick-Decken und tippen in ihren Handys herum oder paddeln im Ruderboot über den Teich.

Im Waisenhaus ist es kühl und ganz still. In unseren matschigen Klamotten schleichen wir den Gang hinunter, die Treppe hinauf, wobei jeder unserer Schritte ein quietschendes Geräusch von sich gibt. Die Jungs und ich verschwinden in Lasses und Siggis Zimmer. Ella und Lila gehen weiter zu ihrem Zimmer, weil sie sich dringend umziehen wollen.

Ich gucke mich in dem kleinen Jungszimmer um, in dem nur ein Doppelbett steht. Das untere Bett ist mit einer Hundebettdecke bezogen. An der Wand darüber kleben ganz viele Hundepostkarten und Bilder von kleinen, süßen Hunden mit riesigen schwarzen treuen Augen. Siggi macht so eine leichte Handbewegung und sagt: »Falls du dich fragst: Das ist mein Bett.«

Ich nicke: »Du stehst auf Hunde?«

»Ziemlich. Die sind einfach treu und süß.«

Lasse klappt seinen Kleiderschrank auf, holt ein paar Klamotten raus und wirft mir eine dunkelblaue Jogginghose hin. Dann verschwindet er im angrenzenden Badezimmer und murmelt: »Ich dusche mal eben.«

Die Tür geht zu und Siggi verschanzt sich hinter der aufgeklappten Schranktür, damit ich mich ungestört umziehen kann. Was ich ziemlich schnell erledige. Ich bin nicht scharf drauf, vor Lasse oder Siggi halbnackt dazustehen. Ich räuspere mich und frage: »Wieso wolltest du eigentlich durch den Fluss schwimmen?«

»Weil ich mir das geschworen habe, als mein Papa vor drei Jahren von uns gegangen ist.«

»Aber warum ausgerechnet einen Fluss? Ich meine, das Wasser ist echt eklig, wenn du mich fragst. Das hat voll modrig geschmeckt …«

»Weil er im Fluss ertrunken ist.«

»Hä? Ich denke, er war ein Gangsterboss …«

»Du glaubst auch alles.«

»Aber das hast du mir doch erzählt?« Ich gucke auf einen winzigen weißen Welpen mit riesigen schwarzen treuen Augen.

»Das habe ich doch nur so gesagt.«

»Du hast das erfunden? Wieso das denn?«

»Weiß nicht. Vielleicht, damit ich besser mit seinem Tod zurechtkomme. Oder damit es besser klingt? Keine Ahnung. Ich bin kein Seelsorger.«

»Und was ist mit Lasse?«

»Was soll mit dem sein?« Siggi guckt kurz hinter der Schranktür hervor. Seine Haare stehen ihm zu Berge und seine Augen sind rot gerändert.

»Ich meine, ob er wirklich als Baby in einem Körbchen vor einem Waisenhaus abgestellt wurde?«

Siggi macht so ein verächtliches: »Tz!« Und zieht sich ein geringeltes T-Shirt über.

»Nein. Ich wurde aus einem brennenden Auto gezogen.« Lasse kommt aus dem Badezimmer. Mit nassen Haaren und im Bademantel. Ich gucke ihn nur sprachlos an. »Echt?«

Siggi verschwindet wieder hinter der Schranktür und Lasse setzt sich neben mich auf die Bettkante: »Eins musst du über Waisenkinder wissen: Sie denken sich ziemlich viele Geschichten aus, weil sie irgendwie keine eigene Geschichte haben. Jedenfalls nicht so eine, die sie haben wollen. Also von wegen: An meinem fünften Geburtstag haben mir Mami und Papi mein erstes rotes Fahrrad gekauft.«

»Verstehe.«

»Oder: Als ich acht Jahre alt wurde, haben wir eine tolle Geburtstagsparty gefeiert mit einem riesigen Süßigkeiten-Büffet. Die ganze Klasse durfte kommen und danach haben wir noch Kinderdisco gemacht.«

»Okay, alles klar!«

»Oder: Als ich mir beim Fußball den Knöchel gebrochen habe und ins Krankenhaus musste, haben mich meine Eltern jeden Tag besucht und mir mein Lieblingsessen mitgebracht, weil das Krankenhausessen so eklig schmeckte.« Lasse redet sich so richtig in Aufregung.

Darum sage ich schnell: »Das tut mir wirklich leid.« Ich gucke ihm in die Augen, die wie meine aussehen. Überhaupt ist es so, als würde ich mein Spiegelbild ansehen. Aber ich kann sagen, dass ich mein Spiegelbild noch nie so mochte wie jetzt.

Lasse guckt mich sehr ernst an, so als würde er gar nicht merken, dass wir uns ähnlich sehen. Oder vielleicht findet er es auch komisch, dass wir uns so ähnlich sehen, aber nur ich echte Eltern habe. Er sagt mit so seltsam trockener Stimme: »Wir haben keine Eltern, die uns sagen, wer wir sind. Mit denen wir unsere Erinnerungen teilen können. Wir müssen selber wissen, wer wir sind. Auch ohne Eltern.«

»Verstehe«, sage ich wieder. Wobei ich mir natürlich nicht vorstellen kann, wie es ist, eine Vergangenheit ohne Eltern und ohne Zuhause zu haben und dass sich das richtig beschissen anfühlen muss.

Lasse scheint das Gleiche im Kopf rumzugehen, denn er sagt mit einem Mal viel fröhlicher: »Apropos! Dann stehen wir also am Sonntag bei euch um punkt zwölf Uhr auf der Matte?«

Ich grinse verspannt und weiß, dass dies der Zeitpunkt ist, an dem ich Lasse und Siggi dringend sagen sollte, dass aus unserer Verabredung nichts wird. Weil ich ja mit Alice die verdammte Torte backen muss – und ich gleichzeitig Angst habe, dass meine Eltern sich in Lasse verlieben. Aber ich bringe es nicht übers Herz. Ich schaffe es nicht. Ich sehe Lasse einfach nur an. Ich spiegle mich in seinen großen Augen und er fragt mit brüchiger Stimme: »Was?«

So, als würde er ahnen, dass es keinen gemeinsamen Familiensonntag geben wird. Aber bevor ich noch irgendwas sagen kann, geht plötzlich die Tür auf und die Krankenschwester von neulich steht im Zimmer. »Ella hat gesagt, hier sind Leute in den Fluss gefall…«

Zack bleibt ihr Blick an mir kleben. »Äh … da bist du ja wieder!«

»Jep.«

»Wir haben dich überall gesucht.«

»Jep.«

»Wer bist du? Wo warst du?«

Ich stehe auf und reiche ihr mutig die Hand. »Ich bin

Lisa.« Ich lächle möglichst fröhlich. »Ich bin kein Waisenkind – wie gesagt …«

»Aber wer bist du dann? Wo sind deine Eltern?«

»Drüben in der Siedlung – wie gesagt …«

»Also, dass du kein Waisenkind bist, haben wir inzwischen rausgefunden. Aber du siehst aus wie unser Lasse hier!«

»Jep.« Ich lächle und nicke heftig. »Ich weiß. Zufall. Verrückter Zufall!«

Die Krankenschwester sieht mich durchdringend an. Als könnte sie auf diese Weise das Rätsel knacken, warum Lasse und ich wie Zwillinge aussehen. Aber da gibt's kein Rätsel zu knacken. Mein Biolehrer, Herr Thiele, würde sagen: »Eine Laune der Natur.« Nichts weiter. Ich habe keinen Zwillingsbruder. Die Schwester atmet tief durch, schüttelt noch mal ungläubig den Kopf und fährt dann fort: »Aber wieso hast du unserem Gärtner Lukas eigentlich gesagt, dass du ein Waisenkind bist?«

Weil ich mich immer noch wegen der Lüge schäme, gucke ich zur Seite und murmle: »Die Geschichte habe ich ihm nur so erzählt, weil … weil ich irgendwie Lust dazu hatte.«

Und plötzlich fällt mir auf, dass nicht nur Waisenkinder Geschichten über sich erfinden, sondern auch ganz normale, etwas gelangweilte elfjährige Mädchen, die sich ein aufregendes Leben wünschen.

Die Krankenschwester zieht die Augenbrauen hoch. »Na gut. Wenn du hier allerdings ein und aus gehen möchtest, brauchen wir die schriftliche Erlaubnis deiner Eltern. Sonst behalten wir dich doch noch mal hier …« Sie zwinkert mir zu, zum Zeichen, dass sie einen kleinen Scherz gemacht hat, und ich verspreche es ihr.

»Gut! Braucht sonst noch jemand meine Hilfe?« Die Schwester blickt Siggi und dann Lasse an. Beide schütteln die Köpfe. »Danke. Alles gebongt!«

»Na gut! Dann gehe ich mal zurück auf die Krankenstation. Hauptsache, ihr habt euch nicht unterkühlt. Und du«, sie zeigt auf mich. »Du duschst besser zu Hause. Du bist Allergikerin. Man weiß nie bei diesem Flusswasser.«

Die Schwester geht raus und macht hinter sich die Tür zu. Die Jungs sehen mich an und grinsen: »Ja! Du duschst besser zu Hause! Du bist Allergikerin. Bei diesem Flusswasser weiß man ja nie.«

»Sehr witzig!«, sage ich. Und zu Lasse: »Du wärst immerhin mal fast an einem Nusskeks gestorben.«

»Ja! Aber auch nur fast. Im Gegensatz zu dir! Deine Allergie ist noch viel dramatischer. Schließlich musstest du mit Adrenalin wiederbelebt werden.«

Ich umarme Lasse und Siggi schnell zum Abschied, weil ich die Absage für Sonntag lieber auf morgen oder übermorgen verschieben will. Als ich zur Tür rausgehe, sagt Lasse mit zum Gebet gefalteten Händen: »Und bitte, bitte vergesst nicht, den Antrag zu stellen, dass Siggi und ich euch besuchen dürfen!«

Ich grinse angespannt und verschwinde aus der Tür.

# VERSPRICH UNS DAS!

»Meine Güte! Wie siehst du denn aus?« Mama fällt das Frühstücksei aus der Hand, das sie gerade in den Eierbecher stellen wollte, als ich am nächsten Morgen in die Küche komme. Ohne auf das am Boden liegende Ei zu achten, kommt sie näher heran.

Ich frage: »Was denn?« Und kratze mich ein bisschen im Gesicht.

Mama schiebt mich gleich Richtung Fenster, um besseres Licht zu haben. Mit dem Zeigefinger hebt sie mein Kinn an und betrachtet mich besorgt: »Hast du dich mal im Spiegel angesehen?«

Ich schüttle den Kopf und habe ein ganz leicht mulmiges Gefühl, weil mein Gesicht ein bisschen juckt und zwar schon seit heute Nacht. Um genauer zu sein: nicht nur mein Gesicht. Mein ganzer Körper juckt seit heute Nacht. Was eventuell daran liegen könnte, dass ich gestern Abend aus Protest nicht mehr geduscht habe, um mir zu beweisen, dass ich durchaus Flusswasser vertragen kann und keine richtig heftige Allergikerin bin. Die Krankenschwester hatte vermutlich leider doch recht. Das Flusswasser hat mir den Rest gegeben. Ich kratze mich am Arm und als ich hingucke, ist alles voller kleiner roter Pusteln. So kann ich mich im Waisenhaus definitiv nicht blicken lassen. Das ist ja total peinlich. Siggi und Lasse werden sich vor Lachen krümmen. Von wegen: wie ein Mensch nur so empfindlich sein kann! Aber eigentlich könnte ich auch sauer auf Siggi sein! Wenn er nicht als Nichtschwimmer versucht hätte, diesen dämlichen Fluss zu überqueren, würden mein Gesicht und mein Körper jetzt nicht jucken, als sei ich in einen Haufen Brennnesseln gefallen.

Meine Mutter lässt mein Gesicht wieder los und fragt mit so ganz ernstem Gesicht: »Weißt du noch, was du gestern alles gegessen hast?«

Ich zucke mit den Schultern. »Mein Schulbrot. Einen Joghurt, dann noch die Bratwürstchen, die ich mir nach der Schule aufwärmen sollte, *Cini Minis* und *Froot Loops* und den Kartoffelsalat, den du gestern Abend gemacht hast.«

»Und sonst nichts?«

»Nicht, dass ich mich erinnern kann.«

»Und was hast du getrunken?«

»Nur Apfelsaftschorle.« Und Flusswasser. Kleiner Scherz.

»Keine Nüsse? Keine Zitrusfrüchte? Keine Tomaten?«

»Nein. Nein. Und noch mal Nein.«

Vielleicht sollte ich meiner Mutter aber auch einfach sagen, dass ich im Flusswasser geschwommen bin. Ich habe nur die Befürchtung, dass sie mich dann nie wieder zum Waisenhaus lässt. Auf der anderen Seite habe ich keine Lust, meiner Mutter ins Gesicht zu schwindeln. Sie scheint sich wirklich ernsthaft Sorgen zu machen. Als Papa auch noch in die Küche kommt und mich so erschrocken ansieht, als sei ich ein grünes Marsmännchen, sage ich: »Ich glaube, ich weiß, was mit mir los ist.«

Mama und Papa setzen sich an den Küchentisch und gucken mich erwartungsvoll an.

Ich kratze mich wieder ein bisschen und erkläre dann möglichst cool: »Ich musste Siggi gestern aus so einem Fluss retten.«

»Welchen Siggi und aus welchem Fluss?« Papa guckt mich an, als würde ich sogar die grüne Marsmännchen-Sprache sprechen.

»Siggi ist, wie gesagt, einer aus dem Waisenhaus und hinter dem Waisenhaus fließt halt so ein Fluss. Keine Ahnung, wie der heißt. Ein Fluss eben.«

»Du meinst die ›Wieda‹.«

»Ja, kann sein.«

»Und warum musstest du diesen Siggi aus dem Fluss retten?«

»Weil er sich geschworen hatte, am dritten Todestag seines Vaters einen Fluss zu durchqueren. Nur leider ist er Nichtschwimmer, wie offenbar alle anderen Waisenkinder auch. Allerdings darf man sie nicht darauf ansprechen, weil sie sonst sauer werden.«

Mama und Papa nicken sprachlos. Und weil ich gerade so in Fahrt bin, erzähle ich alles, was gestern Nachmittag im Waisenhaus passiert ist. Und dass ich eine schriftliche Erlaubnis brauche, damit ich mich dort aufhalten darf und dass ich am Sonntag mit der bekloppten Alice eine Torte backen soll, weswegen ich Siggi und Lasse wieder ausladen muss, wovor ich Bammel habe, weil sie sich schon so doll freuen.

Die Info, dass ich wiederum Angst habe, dass Mama und Papa sich auf Lasse stürzen werden, weil er ein Junge ist und aussieht wie ich, spare ich mir allerdings. Man muss auch nicht alles erzählen, sage ich mir. Im Übrigen brummt meinen Eltern ohnehin der Schädel von meinen jüngsten Erlebnissen, von denen sie ziemlich überrascht sind. Schließlich dachten sie ja eigentlich, dass ich gestern Nachmittag alleine zu Hause herumgesessen habe.

Mama streckt sich und sagt: »Puh.«

Papa nickt und sagt: »Du erlebst an einem Tag mehr als ich in einem ganzen Jahr. Aber ganz ehrlich: Mir ist es nicht so recht, wenn du nachmittags unbeaufsichtigt unterwegs bist. Wer weiß, wen du als Nächstes retten musst.«

Ich tue mal so, als hätte ich das nicht gehört. Dafür reiße ich ein Stück Küchenpapier von der Rolle und hebe damit das runtergeklatschte Ei vom Boden auf.

Als ich es in den Mülleimer plumpsen lasse, frage ich: »Was soll ich denn machen? Hier zu Hause dämlich Däumchen drehen? Ihr seid ja nicht da gewesen. Oder wollt ihr, dass ich total vereinsame?«

»Natürlich nicht!« Mama steht auf und drückt mich an sich. »Es tut mir leid. Gestern hatten Papa und ich nur ein paar wichtige Termine, die wir nicht verschieben konnten. Momentan ist eben viel zu tun.«

»Macht ja nichts«, sage ich. »Aber dann kann ich doch in der Zeit, in der ihr nicht da seid, ins Waisenhaus gehen.«

»Ja, aber nur, wenn du beim nächsten Mal nicht wieder in den nächstbesten Fluss springst«, sagt Papa mit strengem Blick. »Versprich uns das!«

»Das hatte ich ja gar nicht vor! Ich habe Siggi gleich gesagt, dass er das lassen soll. Aber Siggi …«, versuche ich mich zu verteidigen.

Aber Mama und Papa unterbrechen mich sofort wieder und sagen wie aus einem Mund: »Versprich es uns!«

»Okay.« Ich nicke und kratze mich am Hals und am Arm. Jetzt brennt meine Haut richtig.

Und Mama meint: »Wir fahren jetzt auf der Stelle zum Hautarzt, bevor das noch schlimmer wird.«

»Das heißt, ich muss wieder nicht in die Schule?«, frage ich und freue mich, weil ich Alice echt nicht begegnen will.

»Jep.« Mama sieht Papa mit hochgezogenen Augenbrauen an. Der guckt mit hochgezogenen Augenbrauen zurück. Die beiden versuchen sich immer auf diese Weise darüber zu verständigen, wer von ihnen ihre Termine absagt. Sie gucken sich so lange an, bis Papa schließlich sagt: »Okay. Ich bringe Lisa zum Hautarzt. Aber nur, wenn ich heute Abend Raclette serviert bekomme!« Er grinst und Mama gibt ihm einen Kuss auf die Wange.

»Ist gebongt! Allerdings müsst ihr das Raclette alleine essen, weil ich heute Abend Gospel-Chorprobe habe.«

Papa guckt jetzt mit Absicht richtig traurig und Mama sagt schnell: »Du kannst mich ja abholen?«

»Ist gebongt!«, sagt Papa und gibt Mama einen Kuss. Dann ruft Mama in der Schule an, um mich zu entschuldigen. Wir ziehen unsere Schuhe an, ich steige zu Papa ins Auto, Mama steigt in ihren kleinen Wagen und dann brausen wir los. Papa und ich zum Hautarzt, Mama in ihre Praxis. Nachdem Papa mit dem Handy im Büro angerufen hat, dass er später kommt, hören wir laut Musik, machen die Autofenster runter und feiern, dass wir heute mal was ganz anderes machen als geplant.

Wir haben Glück, beim Hautarzt ist nichts los. Wir kommen also ohne Wartezeit dran. Als der Arzt mit der Lupe auf meine rote gepustelte Haut guckt, wird mir plötzlich doch mulmig. Was, wenn es irgendetwas Schlimmes ist?

# EIN PAAR GOLDFISCHE

Ich untersuche meinen geröteten Arm ganz genau, als ich wieder neben Papa im Auto sitze und die Sonne direkt zu uns rein scheint. Ich sage: »Also, ich sehe keinen Saugwurm.«

»Die sind ja auch so mini-winzig, dass sie mit dem bloßen Auge gar nicht zu erkennen sind. Dafür brauchst du schon diese Speziallupe vom Hautarzt.«

Papa stellt den Blinker an und fährt aus der Parklücke. Auch wenn ich die Vorstellung richtig gruselig finde, dass sich angeblich winzige Saugwürmer in meine Haut eingebohrt haben sollen, bin ich doch froh, dass es sich wenigstens dieses Mal nicht um eine allergische Reaktion handelt. Der Hautarzt meinte, dass dieser mikrokleine Parasit im Wasser lebt, aber normalerweise eher Enten, Wasserschnecken, Frösche und Fische befällt. Weswegen sich der Saugwurm auf meiner Menschenhaut nicht weitervermehren wird. Ich soll mich jetzt nur mit so einer Salbe einschmieren, damit sich meine Haut beruhigt.

Um aber beim Thema Fische zu bleiben, schlägt Papa vor: »Wo wir uns jetzt schon den Vormittag freigenommen haben, können wir doch auch gleich in die Tierhandlung fahren und ein paar Goldfische kaufen. Ich buddle noch schnell den Teich zu Ende aus, lege die Teichfolie rein, wir füllen das Ganze mit Wasser und setzen die Fische rein.« Papa guckt mich begeistert an. »Na? Was sagst du?«

Ich sage: »Super Idee!« Obwohl ich natürlich weiß, dass Papa sich da viel zu viel vornimmt. Aber so ist Papa. ›Er macht gerne mal den zweiten vor dem ersten Schritt‹, wie Mama sagt. Aber Mama meint auch: »Das liegt an Papas großer Freude an den Dingen.«

Und weil ich Papa nicht die Freude am Goldfischteich nehmen will, halte ich ihn nicht auf – und nach einer Stunde kommen wir aus der Tierhandlung mit einer riesigen durchsichtigen Tüte, in der fünf Goldfische schwimmen. Das Ding ist richtig schwer. Papa hievt die Tüte neben mich auf den Rücksitz und dann heizen wir nach Hause, wo wir die Goldfischtüte erst einmal im Wohnzimmer neben dem Sofa deponieren, damit die Fische nicht in der prallen Sonne brutzeln. Ich mixe Papa und mir einen Orangensaft mit Sprudel und trage die beiden Gläser raus in den Garten, wo Papa sich schon sein gebügeltes Bürohemd ausgezogen und auf die Hollywoodschaukel geworfen hat. Weil unser hundertjähriger Nachbar bis jetzt noch nicht sein Radio angeschmissen hat, holt Papa sein Handy raus, packt es auf unseren Gartentisch und stellt schnell seine Lieblingsmusik an. So komische Gitarrenmusik, die ich echt grenzwertig finde. Aber Papa gefällt's total und er meint: »So! Heute bestimmen wir mal die Beschallung!«

Ich mache das Daumen-hoch-Zeichen und dann graben Papa und ich gemeinsam unseren Goldfischteich zu Ende aus. Ich hätte mich besser umziehen sollen, weil ich nach kürzester Zeit komplett voller Sand und Erde bin. Und auch Papas gute Anzughose sieht etwas ramponiert aus. Aber das können wir jetzt auch nicht ändern. Wir müssen vorankommen. Schließlich müsste Papa schon längst wieder im Büro sein. Aber es dauert natürlich alles länger als geplant. Gerade als wir uns kurz zum Verschnaufen auf die Hollywoodschaukel plumpsen lassen, klingelt das Handy auf dem Gartentisch. Papa springt auf, holt sich das Telefon und hält es sich ans Ohr. Dabei verdreht er die Augen und macht so komische Grimassen, zum Zeichen, dass er heute echt keine Lust auf Termine und Büro hat. Aber als er auflegt, sieht es doch so aus, als müsse er sich seinem Schicksal fügen und schnell zurück ins Büro.

Er klopft mir auf die Schulter: »Leider müssen wir unsere Arbeit kurz unterbrechen. Mein Typ wird verlangt. Offenbar kommen die im Büro nicht mal einen halben Tag ohne mich klar.«

Ich verdrehe auch die Augen, zum Zeichen, dass es echt besser wäre, wenn die Leute im Büro auch mal ohne Papa auskämen. Wir trinken den Saft aus, Papa wäscht sich in der Küche die Hände. Ich reiche ihm sein Hemd und bringe ihn bis zur Tür. Papa gibt mir einen Kuss und meint: »Wir machen heute Abend weiter! Schließlich wollen die Fische langsam auch mal aus der Tüte!«

»Ist gebongt!«, sage ich und winke ihm zu, bis er im Auto

die menschenleere Straße runtergebrettert ist. Jetzt ist es richtig leise bei uns im Haus. Ich drücke die Tür zu und stehe kurz so ein bisschen im Flur rum. Dann gehe ich rüber ins Wohnzimmer, hocke mich neben die riesige Tüte mit den Goldfischen und gucke rein. Sie schwimmen seelenruhig in ihrem Wasser, machen ein paar Blubber-Blasen und scheinen ansonsten soweit mit allem einverstanden zu sein. Echt! Ein Fisch müsste man sein. Die müssen nicht am Sonntag mit Alice eine Tussi-Torte backen. Die müssen nicht Siggi und Lasse den geplanten Familien-Sonntag streichen. Das Einzige, was die Fische und ich gemeinsam haben, ist, dass wir von Saugwürmern befallen werden. Wobei ich es in dieser speziellen Sache definitiv besser habe als die Fische! Mich finden die Saugwürmer nicht so lecker wie die Fische. Außerdem verfüge ich über eine lindernde Salbe. Was schließen wir daraus? Egal ob Fisch oder Mensch – wir alle haben es nicht nur leicht. Ich meine, ganz ehrlich: Ich hätte keinen Bock, in so einer Tüte herumzuschwimmen und mir dabei Möbel anzugucken. Irgendwie tun mir die Fische leid. Die fragen sich bestimmt, was bei denen im Leben schiefgelaufen ist, dass um sie herum nicht herrlich grüne Wasserpflanzen wabern, sondern ein Sofa mit Bücherregal! Und warum sich unter ihnen statt Sand und Kies gemusterter Teppichboden befindet.

Ich habe richtig Mitleid mit unseren Goldfischen! Und da ich nichts zu tun habe, gehe ich wieder raus in den Garten und buddle weiter, bis der Teich so groß ist wie das von Papa abgesteckte Areal. Dann gehe ich rüber in den Schuppen und hole die riesige Teichplane, die Papa schon vor einigen Wochen im Baumarkt gekauft hat. Gerade als ich sie ausbreiten möchte, klingelt es an der Tür. Man kommt hier echt zu gar nichts! Ich lasse die Plane fallen und frage mich, wer das bitte sein kann?

Ich tapse leise an die Haustür heran und gucke vorsichtig durch den Spion. Nicht, dass ich mich erst mal lang und breit mit einem von den Hundertjährigen unterhalten muss, der auf ein Päuschen vorbeigekommen ist. Ich habe Glück! Auf der anderen Seite steht schon wieder Elias. Müsste der nicht in der Schule sein? Er hat sich seine Brille abgenommen und wischt sich immer wieder mit dem Ärmel seiner Kapuzenjacke über die Augen. Heilige Matschbanane! Was ist denn mit dem los? Weint er? Wenn ja, warum?

Ich ahne es natürlich schon! Ich ziehe die Tür auf und Elias kommt wortlos hereinmarschiert. Ohne mich anzugucken, geht er schnurstracks durch unseren Flur, weiter in den Garten, wo er sich auf die Hollywoodschaukel fallen lässt und meint: »Frag nicht!«

Ich komme hinterher und setze mich neben ihn. Da er aber aussieht, als sollte ich ihn dringend fragen, was los ist, frage ich so harmlos wie möglich: »Alles okay bei dir?«

Er sieht mich düster von der Seite an und murmelt: »Mein Leben ist ruiniert.«

»Wieso ist dein Leben ruiniert?« Ich mache ein freundliches Gesicht und falte meine mit Ausschlag übersäten Hände im Schoß. So, wie Mama das immer macht, wenn sie will, dass ich ihr mein Herz ausschütte. Die Geste scheint auch bei Elias zu wirken, denn er sagt sofort: »Weil ich bei Susanne geklingelt habe.«

»Du hast bei Susanne geklingelt?«, rufe ich. Und obwohl ich irgendwie mit so einer Schote gerechnet habe, bin ich doch ziemlich überrascht.

»Ja, ich habe bei Susanne geklingelt«, sagt Elias leicht genervt. Und dann: »Wenn du jetzt wieder damit anfängst, jedes Wort zu wiederholen, was ich gerade gesagt habe, erzähle ich gar nichts mehr.«

»Schon klar, ich höre auf damit!« Ich spare mir jetzt mal den Hinweis, dass Elias ja zu *mir* gekommen ist, um zu reden. Ich bin es nicht, die ihn zwingt, sein komplettes Gefühlsleben vor mir auszubreiten. Aber na ja. Ich tröste mich damit, dass er ziemlich aufgewühlt ist.

Er räuspert sich: »Die hat mich total komisch angeguckt. So, als würde ich gerade richtig stören.«

»Vielleicht liegt es daran, dass sie dich nicht kennt«, gebe ich zu bedenken.

»Ich kenne sie ja auch nicht. Jedenfalls nicht richtig. Also nur vom Sehen. Aber wie du weißt, hat mir das schon gereicht, um zu wissen, dass Susanne und ich füreinander bestimmt sind. Aber bei Susanne ist gar nichts passiert, als sie mich gesehen hat. Null. Sie hat einfach die Tür aufgemacht, mich *so* angeguckt und gefragt: »Ja, bitte? Wie kann ich dir helfen?« Elias steht von der Schaukel auf und guckt deprimiert in unser Goldfisch-Teich-Erdloch.

Ich weiß nicht so richtig, was ich sagen soll. Ich meine, würde plötzlich vor unserer Tür ein Typ wie Elias stehen, würde meine Mutter erst mal auch nicht darauf kommen, dass er wegen ihr da ist. Vermutlich würde sie auch fragen: »Wie kann ich dir helfen?«

Um das Gespräch am Laufen zu halten, frage ich: »Und was hast du ihr geantwortet?«

»Das ist es ja gerade!« Elias dreht sich zu mir um und macht echt einen erschöpften Eindruck. »Ich habe gar nichts gesagt. Ich habe sie nur angeguckt – wie sie da so in diesem hingebungsvollen blaugrünen, bodenlangen Blumenkleid vor mir stand. Wie eine Göttin!«

»Aha?«

»Und dann bin ich abgehauen.«

»Äh. Das war's?«

»Nicht ganz!« Elias rauft sich die Haare und stampft plötzlich mit seinem Turnschuh auf. »Ich habe ihr noch einen Brief vor die Füße fallen lassen.«

»Einen Brief?«

»Ja, einen Brief!« Er setzt sich wieder neben mich auf die Schaukel und atmet tief ein und aus.

»Und was stand da drin?«, frage ich geduldig, obwohl ich es langsam anstrengend finde, jedes Wort einzeln aus Elias' Nase ziehen zu müssen.

»Ich habe ihr so ein Wunschauto gezeichnet, mit aerodynamischen Spoilern und Spezial-Felgen und dazu geschrieben, dass wir abhauen können – wann immer sie es wünscht.«

Ich bin sprachlos. So sprachlos, dass ich Sorge habe, Elias könnte merken, wie sprachlos ich bin.

»Das heißt, wenn Susanne Herrn Manske dein Bild zeigt, weiß er sofort, dass es von dir kommt?«

Elias nickt.

»Er weiß auch, dass du, ohne Rücksicht auf Verluste, vorhattest, ihm seine Freundin auszuspannen, von der er uns so oft erzählt hat, dass sie sein Ein und Alles ist?«

Elias nickt wieder.

Ich sage: »Entschuldige, dass ich jetzt mal alle Fakten auf den Tisch packe. Aber das muss ich tun, damit wir wissen, wie wir jetzt den Schaden begrenzen können.«

Elias nickt wieder und flüstert: »Ich habe den Brief einfach vor Schreck fallen lassen. Eigentlich wollte ich ihn wieder mitnehmen, als ich gemerkt habe, dass mein Anblick nichts bei ihr auslöst. Aber irgendwie ist er mir aus der Hand gerutscht.«

Ich lege den Arm um Elias, meinen guten alten Freund, den ich seit dem Kindergarten kenne. Ich gebe ihm damit all die Unterstützung, die er jetzt braucht. So, wie ich es von Lasse, Siggi, Ella und Lila gelernt habe, wenn sie ohne Eltern etwas geregelt kriegen müssen, und sage: »Ich glaube, ich habe eine Idee.«

# IN UNS WOHNT DIE LIEBE

»Ich soll direkt zu Herrn Manske gehen und ihm gestehen, dass ich ihm seine Freundin ausspannen wollte?« Elias sieht mich voller Panik durch seine riesigen Brillengläser an.

Ich nicke. »Was anderes bleibt dir nicht übrig. Ich meine, er wird sowieso dahinterkommen. Da ist es besser, du bist ein Mann und gestehst ihm gleich deine Liebe zu seiner Freundin.«

»Aber er wird mich umbringen.«

»Das denke ich nicht. Immerhin ist es ein riesen Kompliment an Herrn Manske, dass er so eine Wahnsinns-Freundin hat.«

»So habe ich das noch gar nicht gesehen.« Elias' Gesichtszüge entspannen sich minimal.

Ich sage: »Außerdem hat sich Susanne auf dein Angebot, mit ihr abzuhauen, nicht eingelassen. Dadurch spürt Herr Manske ganz deutlich, wie groß und unzerstörbar die Liebe zwischen Susanne und ihm ist.«

»Du hast total recht. Ich mache ihre Liebe durch meinen Brief erst sichtbar.«

»Genau.« Ich tätschle Elias aufmunternd die Schulter. Er

atmet tief durch, nickt ein bisschen nachdenklich vor sich hin, bis er meint: »Trotzdem hätte ich das nicht tun dürfen. Das wird mir Herr Manske nie verzeihen.«

»Ach Quatsch!«, sage ich, weil ich natürlich weiß, dass Herr Manske in Elias nicht so die Konkurrenz sieht. Das muss ich meinem Freund natürlich nicht so deutlich sagen. Darum erkläre ich nur: »Er wird über deinen Mut und deine Ehrlichkeit erstaunt sein. Du weißt, darauf steht Herr Manske. Sag einfach, Susanne hat dich inspiriert, frei im Kopf und im Herzen zu werden und da hättest du eben ein bisschen überreagiert.«

»Das ist genial!«, sagt Elias. »Danke!«

Jetzt klopft er mir auf die Schulter. Dann steht er von der Hollywoodschaukel auf und atmet tief durch. Nach ein paar besinnlichen Schweigesekunden meint er mit ganz erwachsener Stimme: »Dies ist also jetzt die Zeit, in der wir uns öfter die Finger verbrennen werden, weil wir voll auf Risiko spielen. So ist das Leben als angehender Erwachsener! Wild und unbezähmbar und wir müssen es reiten!«

»Jep.« Ich grinse.

Plötzlich macht Elias ein erschrockenes Gesicht. So, als würde er aus einem tiefen Traum aufwachen. »Ach du heiliger Grashüpfer! Was hast du denn mit deinem Gesicht gemacht? Das ist ja voll mit komischem Ausschlag! Hast du dich mal im Spiegel angeguckt?«

»Ja, lieber Elias. Das habe ich. Mein Ausschlag ist übrigens der Grund, warum ich heute wieder nicht in der Schule war.«

»Wow! Ist mir bis eben gar nicht aufgefallen.«

Ich sage: »Unter meiner Haut befinden sich momentan noch ein paar Saugwürmer. Die sind harmlos, aber die …«

»Saugwürmer?« Elias reißt die Augen auf. »Was ist das denn Ekliges?«

»Reg dich ab. Die sind winzig klein. So klein, dass man sie mit dem bloßen Auge gar nicht sieht.«

»Und woher hast du die? Ist das ansteckend? Kriege ich die jetzt auch, weil ich dich angefasst habe?«

»Nein. Die gibt's nur im Flusswasser.«

Elias versteht natürlich gar nichts. Ich lächle milde und sage dann, um die Sache vom Tisch zu kriegen: »Erkläre ich dir später. Jetzt musst du mir helfen, unseren Goldfischteich fertig zu machen, damit wir die armen Goldfische aus der Tüte kriegen.«

»Was redest du da?« Mein guter alter Freund schnallt echt gar nichts. Also schiebe ich ihn ohne weitere Erläuterungen über die Türschwelle ins Wohnzimmer, zeige ihm unsere Goldfische, dann schiebe ich ihn zurück in den Garten, wo ich ihm einen Sack mit Kies aus dem Schuppen vor die Füße zerre und sage: »Das Zeug muss jetzt rund um den Teich auf die Folie geschüttet werden.«

Wir arbeiten konzentriert am Goldfischteich und als gegen Abend die Amseln anfangen zu singen, flutschen die Goldfische dankbar in den mit Wasser gefüllten Teich.

Als ich am Montag ins Klassenzimmer komme, bin ich richtig erholt. Das Tortebacken und der Jungsbesuch am

Wochenende mussten praktischerweise ausfallen, weil ich wegen der Saugwürmer mit Fieber im Bett lag. Plötzlich macht es mir nichts mehr aus, dass Alice mich nicht mag. Irgendwie fühle ich mich so unantastbar. Keine Ahnung, woran das liegt. Vielleicht, weil ich Siggi aus dem Fluss gerettet habe. Vielleicht, weil ich mit Elias den Teich fertiggestellt habe und Mama und Papa vor Überraschung fast nach hinten übergekippt sind. Oder weil ich Elias den Tipp gegeben habe, sich Herrn Manske heute wie ein Mann zu stellen. Mit einem Mal wirken alle Probleme lösbar, mal abgesehen davon, dass ich Lasse und Siggi noch nicht gesagt habe, dass das auch nächsten Sonntag nichts wird. Aber die Nummer werde ich auch noch hinkriegen. Genau wie die Nummer, mit Alice Torte zu backen. Ganz ehrlich, ich kann froh sein, dass ich nicht in Elias' Haut stecke und gleich meinen Mann stehen muss, wie man so sagt. Ich gucke zu ihm rüber, als ich mich auf meinen Platz setze. Er grinst mich gequält von seinem Platz aus an. Zum ersten Mal seit dem ich mit ihm in eine Klasse gehe, liegt kein gezeichnetes Automodell vor ihm auf dem Tisch. Nur sein Federmäppchen. Sonst nichts. Seine Hände sind ineinander verkrampft und ich glaube, er zittert sogar ganz leicht. Ich schätze, ihm geht gerade mächtig die Düse. Ich lächle ihm aufmunternd zu und mache das Daumen-hoch-Zeichen. Elias' Grinsen wird noch gequälter. Ich forme mit den Lippen: »Du schaffst das.«

Und bevor Elias noch weiter gequält grinsen muss, kommt Herr Manske zur Tür herein – ohne sein glückseliges Lächeln. Was mich beunruhigt. Es hat noch nicht mal zur Stunde geklingelt und Alice ist auch noch nicht da. Mit ernstem Gesicht stellt Herr Manske seinen Kaffeebecher auf dem Pult ab, klatscht seine Tasche daneben und holt einen Brief raus. Die Leute aus meiner Klasse gucken unseren Lehrer erstaunt an und setzen sich schnell auf ihre Stühle. Herr Manske wirft kühn seine roten Haare nach hinten und meint: »Elias und Lisa bitte zu mir. Der Rest von euch schreibt jetzt ein Liebesgedicht. Vier Zeilen.«

Estelle macht große Augen und fragt: »Ein Liebesgedicht? Für wen denn?«

Herr Manske setzt sich auf die Kante des Pultes, während Elias und ich uns ängstliche Blicke zuwerfen. Elias sieht aus, als ob er gleich ohnmächtig wird. Unter uns, das hätte er sich mal eher überlegen sollen, bevor er Herrn Manskes Freundin Liebesbriefe schreibt. Auf der anderen Seite tut er mir echt leid. Er sieht ganz bleich aus. Ich nicke ihm zu und dann stehen wir beide auf und gehen nach vorne, wo wir uns neben das Pult stellen. Herr Manske hält noch immer den Brief in der Hand und sagt zu Estelle: »Das kann ich dir nicht sagen. Das musst du selber wissen.«

»Aber ich liebe niemanden!«, sagt Estelle und macht ein verzweifeltes Gesicht.

»Wow!«, ruft Herr Manske und springt vom Pult. »Wow! Wow! Wow!« Aufgeregt rennt er vor der Klasse hin und her, die jetzt ganz still ist und ihn abwartend anstarrt.

Er ruft: »Hier haben wir ein Mädchen in unserer Klasse sitzen, das sagt, dass es niemanden liebt. Wow! Das ist hart! Das ist richtig krass!«

Die Leute aus meiner Klasse gucken sich gegenseitig an und zucken ratlos mit den Schultern. Ganz ehrlich, ich weiß auch nicht, worauf Herr Manske hinaus will. Ich wüsste jetzt auch nicht so direkt, für wen ich das Liebesgedicht schreiben sollte. Eigentlich kenne ich nur zwei Personen in diesem Raum, die wüssten, wem sie ein Liebesgedicht schreiben könnten: Elias und Herr Manske! Und zwar beide eins für Susanne! Aber der Rest von uns? Ich meine, wir sind alle elf oder zwölf Jahre alt. Da schreibt man doch kein Liebesgedicht!

Elias greift tatsächlich nach meiner Hand. Seine Hand fühlt sich an wie gefroren. Er flüstert: »Ich kann nicht mehr!«

Ich halte seine Hand und flüstere: »Dir wird nichts passieren. Ich fühle es!«

»Aber das ist *mein* Brief, den Herr Manske da in der Hand hält.«

Bevor ich noch etwas Tröstliches sagen kann, ruft unser Lehrer: »Okay, Leute. Ich sehe, wir müssen weiter daran arbeiten, dass ihr frei im Kopf werdet. Steht mal alle auf.«

Unsere Klasse steht auf, während Elias und ich uns heimlich an den Händen fassen. Zum Zeichen, dass wir zusammenhalten. Egal, was passiert.

Herr Manske zeigt auf Nana und fragt: »Wen liebst du?«

Nana sperrt vor Schreck die Augen auf. Sie sieht richtig eingeschüchtert aus. »Äh … ich?«

Herr Manske zeigt auf Linda: »Wen liebst du?«

Linda guckt ebenfalls hilflos zu Herrn Manske. »Ähm …?«

Jetzt zeigt er auf Susi: »Wen liebst du?«

Susi, die eigentlich echt nett ist, aber nie was sagt, haucht: »Das will ich besser nicht sagen.« Dann guckt sie ganz kurz zu Elias und mir rüber und dann zu Boden.

So geht das immer weiter, bis alle aus unserer Klasse gesagt haben, dass sie eigentlich niemanden lieben. Herr Manske atmet tief durch, setzt sich wieder auf sein Pult und fragt ganz ruhig: »Was ist mit euren Müttern? Euren Vätern? Euren Brüdern? Euren Schwestern? Euren Omas und Opas? Euren Freunden? Eurem Meerschweinchen? Liebt ihr die nicht?«

Jetzt geht ein Aufatmen und ein Kichern durch die Klasse. Plötzlich sind alle ganz gelöst und flüstern aufgeregt herum. »Ach so!« Immer mehr melden sich. Zuallererst Estelle, die sagt: »Ich liebe meine Eltern, meine Großeltern und meine kleine Schwester Monique!«

Herr Manske nickt feierlich: »Sehr gut!«

Immer mehr melden sich und rufen, wen sie lieben. »Meinen Hund! Meine Playstation! Meine Mama! Meinen Papa! Meine Sneaker!«

Als alle damit durch sind, sagt Herr Manske: »Wow! Cool! Sehr gut! Jetzt seid ihr schon ziemlich frei im Kopf! Jetzt wissen wir, überall ist Liebe! Wir sind voller Liebe! Das ist gut! Das ist hervorragend! Die Liebe verbindet uns. Sie ist nichts Romantisches, wie wir immer denken. Sie ist einfach nur da und sorgt dafür, dass wir uns gerne mögen und uns nicht einsam fühlen. Das bedeutet, wir sind Menschen. Wir leben! Wir sind nicht abgestumpft! Yeah!«

Und unsere Klasse sagt: »Yeah!«

Und Herr Manske sagt wieder: »Yeah!«

Und dann wieder unsere Klasse: »Yeah!«

Unsere Klasse macht heute Morgen einen sehr fröhlichen Eindruck, wie ich finde. Und ich kann das wirklich gut einschätzen, denn ich stehe ja noch immer mit Elias neben dem Pult und sehe all die glücklichen Gesichter. Inzwischen schwitzen unsere Hände schon ein wenig, weswegen wir uns loslassen.

Herr Manske klatscht in die Hände und meint: »Okay, Leute! Dann schreibt mal los! Ein Liebesgedicht. Vier Zeilen.«

»Lesen wir das dann auch der Klasse vor?«, fragt Estelle mit eifrigen roten Wangen.

»Aber selbstverständlich!«

Und zu uns gewandt: »Elias und Lisa, kommt bitte mit mir vor die Tür.«

Unsere Klasse schreibt los und wir laufen irgendwie wie betäubt hinter Herrn Manske her aus der Klasse. Im Flur steht schon Alice mit verweinten Augen. Was ist denn mit der los?

Unser Lehrer macht die Klassentür zu und reicht Elias den Brief, auf dem *Susanne* steht: »Hier, mein Freund. Ich schätze, der ist von dir. Der lag bei meiner Freundin plötzlich auf dem Boden, als ich …«

»Herr Manske, ich muss Ihnen was sagen. Ich …«, fängt Elias an.

Aber Herr Manske unterbricht ihn sofort wieder. »Ich schätze, der Brief ist zwischen eure Deutschhefte gerutscht, die ich in der letzten Stunde eingesammelt habe. Vermutlich hast du ihn schon gesucht. Es tut mir leid, dass ich ihn geöffnet habe. Das hätte ich nicht getan, wenn ich gewusst hätte, dass es sich dabei um private Post handelt.«

»Äh, Herr Manske, ich weiß, dass ich etwas getan habe, was ich nicht hätte tun dürfen, das …«

»Lieber Elias, solange du deinen Gefühlen Ausdruck verleihst, ist das etwas ganz Bedeutsames. Du hast mich dazu inspiriert, die gesamte Klasse ein Liebesgedicht schreiben zu lassen, um zu zeigen, dass die Liebe in uns allen wohnt.«

»Ja, aber ich habe meine Liebe an Ihre …«

Herr Manske guckt Elias scharf an, damit er endlich mit seinem Gequatsche aufhört. Aber Elias will echt beichten. Obwohl Alice und ich dabei sind. Doch Herr Manske lässt ihn nicht. Denn er meint ganz plötzlich: »Sicherlich brennst du schon die ganze Zeit darauf, ihn Susi endlich zu überreichen.«

»Susi?« Elias klimpert irritiert mit seinen Augenlidern hinter den dicken Brillengläsern.

Und auch Alice und ich sind überrascht und wechseln aus Versehen wie in guten alten Zeiten bedeutsame Blicke. Aber Herr Manske meint ganz nüchtern: »Ich schätze, sie wird sich freuen.«

Elias nimmt den Brief an sich und wird von unserem Lehrer zurück in die Klasse geleitet. Zum Abschluss wispert Herr Manske: »Go for it, Elias! Ich wünsch dir Glück!«

# DU BIST UNAUSTAUSCHBAR, LISA!

»Ich kann das nicht! Mit Lisa …« Alice guckt Herrn Manske flehend an. Wir stehen noch immer im Schulflur herum.

»Dann sag es nicht mir, sondern Lisa.« Herr Manske macht einen Schritt zurück, womit er wohl andeuten will, dass er gerade nicht ›da‹ ist.

Dieser Tag ist wirklich schon wieder so was von schräg. Alice guckt mich aus rot geweinten Augen an. Ich sehe ihr an, dass sie dringend was sagen will, aber sie kriegt den Mund nicht auf. Da ich heute in der Form meines Lebens bin, sage ich so ruhig wie möglich: »Geht es hier gerade ums Tortebacken?«

Alice nickt, wobei sie mich jetzt richtig sauer anstarrt.

»Willst du mir sagen, dass du nicht mit mir die Torte backen willst? Obwohl wir das nun schon um eine Woche verschoben haben?«

Meine ehemals beste Freundin verschränkt die Arme vor der Brust und atmet sauer ein und aus. Soll wohl ›Ja‹ heißen.

Ich nicke. Und weil ich mich nicht genauso feige wie Alice verhalten will, erkläre ich: »Aber es ist unsere Hausaufgabe.«

»Mir egal«, zischt Alice. »Dann kriege ich eben eine sechs.«

»Mir ist es aber nicht egal«, antworte ich und gucke kurz zu Herrn Manske, der keine Miene verzieht, so, als sei er immer noch nicht anwesend. Aber dann schaltet er sich doch plötzlich ein und meint zu Alice: »Vielleicht fällt es dir leichter, mit Lisa die Torte zu backen, wenn du ihr sagst, warum du sie nicht mit ihr backen willst.«

»Das habe ich ihr doch schon gesagt. Ich will nicht mit ihr befreundet sein.«

»Und warum nicht?«, frage ich.

»Weil … weil …«, stottert Alice und macht mit ihrem Mund so komische Grimassen, als sei ihr das hier gerade richtig peinlich.

»Weil?«, frage ich freundlich und ich bin echt gespannt, ob irgendwann in meinem Leben noch mal der wahre Grund ans Tageslicht kommt.

Doch Alice zuckt nur mit den Schultern und guckt an mir vorbei, Richtung Treppenhaus.

Jetzt reicht es Herrn Manske. Er sagt ungewohnt streng: »Alice, wenn du nicht endlich bald den wahren Grund nennst, müssen Lisa und ich annehmen, dass es gar keinen Grund gibt, warum du dich so mies Lisa gegenüber verhältst. In diesem Fall wird es Zeit, dass du dich bei deiner Klassenkameradin in aller Form entschuldigst, dich zusammenreißt und mit ihr diese Torte bäckst. Ich dulde so ein Verhalten nicht in unserer Klasse. Denn wir sind ein Team!« Herrn Manskes Stimme wird immer lauter. »Ist das klar?«

Jetzt heult Alice los. Von null auf hundert. Sie wischt sich mit ihrem Unterarm immer wieder übers Gesicht und mit einem Mal tut sie mir richtig leid. Sie weint immer heftiger, sodass ich im Reflex den Arm um sie lege und sie an mich ziehe. Komischerweise wehrt sie sich gar nicht – womit ich jetzt erst mal gerechnet hätte. Ihr Gesicht liegt auf meiner Schulter und ich fühle, wie ihre Tränen durch meinen T-Shirt-Stoff sickern. Ihr ganzer Körper wird geschüttelt und ich streiche über ihren Rücken und sage tatsächlich: »Ist ja schon gut!« Dabei heult Alice doch, weil sie mich so bekloppt findet. Echt schräge Aktion.

Überhaupt: Kann es sein, dass ich in letzter Zeit ständig Leute tröste? Im Augenwinkel sehe ich, dass sich Herr Manske nicht von der Stelle rührt. Offenbar traut er mir zu, dass ich die Situation unter Kontrolle habe und er sich nicht seelsorgerisch einschalten muss. Ich tätschle weiter auf Alices Rücken herum und frage: »Was ist denn eigentlich los?«

Sie schnieft und schluchzt und wischt sich die Tränen weg. Schließlich nimmt sie wieder etwas Abstand und sagt mit richtig nass geweintem Gesicht: »Ich vermisse dich so!«

Und gerade als meine ehemals beste Freundin es ausgesprochen hat, wird sie vom nächsten Weinkrampf geschüttelt. Hat sie gerade gesagt: »Ich vermisse dich so?« Muss ich das verstehen?

Ich sage: »Aber ich bin doch hier.«

»Ja, jetzt! Aber du bist nicht mehr gleich nebenan. Du bist einfach weggezogen, obwohl wir so was wie Schwestern waren. Ich verstehe nicht, wie du das zulassen konntest!«

»Aber meine Eltern haben das doch beschlossen.«

»Ja! Aber dir hat es überhaupt nichts ausgemacht. Du hast einfach zu mir gesagt: ›Wir ziehen um.‹ Das war's! So, als sei das kein Problem für dich. Als wäre es dir total egal, was aus uns beiden wird«, schluchzt Alice.

»Aber das war mir nicht egal!«, sage ich. Und es stimmt. Es war mir nicht egal. Vielleicht habe ich das nur gedacht und nie laut gesagt. Kann sein. Aber auch nur, weil ich dachte, dass Alice das genauso sieht. Ich meine, sie hat ja auch nichts gesagt, sondern sich einfach mit Estelle befreundet.

Ich sage: »Du hast dich einfach mit Estelle angefreundet. Ich dachte, dass du mich austauschst und damit ist alles gut für dich!«

»Ich hab dich nicht ausgetauscht! Ich dachte, du willst nicht mehr mit mir befreundet sein und dass ich dir nichts bedeute!« Alice weint erneut so heftig, dass ich sie wieder festhalten muss. Ich drücke sie ganz doll an mich und sage ehrlich erschüttert: »Aber du bist doch meine beste, allerbeste Freundin!«

Ich weiß nicht genau, wie lange Alice und ich anschließend schniefend im Schulflur hocken und bedröppelt vor uns hinstarren. Zwanzig Minuten? Eine halbe Stunde? In jedem Fall klingelt es irgendwann zum Unterrichtsende. Herr Manske ist längst wieder im Klassenraum verschwunden, sodass meine hoffentlich wieder beste Freundin und ich uns alles ungestört von der Seele reden konnten. Alice hat zu mir gesagt, dass sie doch nicht findet, dass ich wie ein Junge bin, und ich habe ihr von dem blauen Strampelanzug erzählt, wegen dem ich schlaflose Nächte habe. Der Vollständigkeit halber habe ich ihr noch von Lasse erzählt, der mir so ähnlich sieht und von meiner Angst, dass meine Eltern ihn lieber wollen als mich, weil er ein Junge ist.

Alice hat sich das alles angehört und zum Schluss gemeint, dass meine Eltern mich niemals gegen irgendwen eintauschen würden, weil das gar nicht geht, dass man Menschen gegeneinander eintauscht. Alice meinte: »Ich habe ja auch Estelle nicht gegen dich eingetauscht. Du bist uneintauschbar, Lisa!«

Wir haben uns noch mal umarmt und dann abgemacht, dass wir jetzt also am Samstag zwei Torten backen. Eine für unsere Klasse und eine für Lasses und Siggis Besuch. Außerdem wird Alice dabei sein, wenn die beiden Jungs zu uns nach Hause kommen, damit ich da nicht alleine durch muss.

Als unsere Klasse aus dem Klassenzimmer strömt, reicht mir Alice die Hand. »Meine Dame ...« Sie zieht mich rauf in den Stand.

Ich sage: »Herzlichen Dank, meine Dame!«

Wir klopfen uns den Staub von den Klamotten, umarmen uns noch einmal fest und dann sagt Alice: »Dann gehen wir morgen für die Tortenzutaten ins Shoppingcenter?«

»Sehr gerne, meine Dame!« Ich mache das Daumen-hoch-Zeichen, was ich mir in den letzten Tagen irgendwie angewöhnt habe, und dann eilt auch schon Estelle mit einem Gesicht aus Stein an uns vorbei, die Treppe runter, Richtung Pausenhof. Alice läuft hinterher: »Estelle! Warte auf mich!« Aber Estelle beschleunigt ihre Schritte. Schätze, sie ist mächtig sauer! Weil Alice ihr bestimmt geschworen hat, dass sie nie wieder ein Sterbenswörtchen mit mir redet. Nun ja. Ich warte auf Elias, um ihm die neuesten Entwicklungen zu erzählen. Aber leider marschiert er mit Susi direkt an mir vorbei und wirft mir nur kurz so einen seltsam entrückten Blick zu. Ich verstehe echt gar nichts mehr. Hat er sich jetzt direkt in Susi verliebt? Oder sie sich in ihn?

Bevor ich mir diese rätselhaften Fragen beantworten kann, kommt Herr Manske als Letzter aus der Klasse und schließt den Raum ab. Er reicht mir meinen Schulrucksack. »Hier. Ich schätze, den brauchst du noch?«

»Danke.«

»Und? Alles wieder gut?« Er lächelt wieder sein glückseliges Lächeln.

»Jep. Alles wieder gut!«

»Das freut mich.« Herr Manske zwinkert fröhlich und dann gehen wir gemeinsam aus der Schule, über den sonnengefluteten Pausenhof, Richtung Straße. Am liebsten würde ich jetzt mal Herrn Manske sagen, dass er ein ziemlich toller Lehrer ist und ich es klasse finde, dass er alles dafür gibt, damit aus uns keine Schnarchnasen werden. Aber irgendwie kriege ich den Mund nicht auf. Als ich Mama im Auto entdecke, hebe ich die Hand zum Gruß und sage zumindest mit feierlicher Stimme: »Danke noch mal, Herr Manske.«

Er grinst, so, als hätte er gespürt, was ich ihm eigentlich alles hätte sagen wollen. »Gern geschehen, Lisa.« Mit federndem Schritt und seiner schwarzen Lederhose läuft er rüber zu seinem Motorrad und setzt seinen Helm auf, der am Lenker hing. Ich bin mir sicher, Herr Manske wusste ganz genau, dass Elias' Brief eigentlich für seine Susanne war.

Ich springe neben Mama ins Auto und sage fröhlich: »Fahr los!«

»Geht klar.« Doch am Zebrastreifen müssen wir schon wieder anhalten, weil Alice und Estelle die Straßenseiten wechseln, rüber zur Bushaltestelle. Alice bleibt direkt vor unserem Auto stehen und macht ein paar Faxen. Dann wirft sie mir eine Kusshand zu und geht weiter. Das ist meine Alice. So kenne ich sie. Witzig und locker.

»Was war das denn?«, fragt Mama und fährt langsam wieder an.

»Das war Alice«, sage ich glücklich und lasse das Fenster runter. Herrliche Sommerluft strömt zu uns herein und ich halte mein Gesicht voll in die Sonne. Wir fahren an den ganzen Schülern vorbei, die zur Bushaltestelle gehen. Heute ist einer der besten Tage meines Lebens.

Ich sage: »Morgen treffen wir uns im Shoppingcenter. Wir müssen ja noch die Torte für die ganze Klasse backen. Übrigens sind Alice und ich jetzt wieder befreundet.«

»Okay.« Mama blinkt und dann fahren wir raus aus der Stadt, rauf auf die Autobahn. Ich lasse mir den Fahrtwind ins Gesicht wehen und beschließe, zu ignorieren, dass Mamas ›Okay‹ irgendwie skeptisch klang. Aber gleichzeitig ärgert mich auch, dass sie sich nicht für mich freut. Also sage ich: »Findest du das jetzt komisch oder was?«

Mama tut ahnungslos. »Was meinst du?«

»Dass ich mich jetzt wieder mit Alice verstehe.«

»Na ja. Zumindest kommt das etwas überraschend. Schließlich hat sie dich einfach so im Stich gelassen.«

»Ja Mann! Sie dachte aber dass ich sie im Stich gelassen habe.«

»Du?« Mama sieht mich erstaunt von der Seite an. »Wieso *du*? Alice wollte doch plötzlich nichts mehr von dir wissen.«

»Ja, weil wir in dieses Rentner-Paradies umgezogen sind. Sie dachte, ich will weg von ihr.« Jetzt klingt meine Stimme minimal sauer, weil ich plötzlich denke, dass Mama und Papa mit ihrem blöden Umzug in die Walachei meine einzigartige Freundschaft zu Alice um ein Haar für immer zerstört haben. Darum setze ich noch einen drauf: »Ich find's total bescheuert, dass wir umgezogen sind! Dauernd müsst ihr mich mit dem Auto irgendwo abholen oder hinbringen. Was macht das für einen Sinn?«

Mama räuspert sich. Ihrem Gesicht ist anzusehen, dass sie sich dezent angegriffen fühlt. Aber sie bleibt cool und meint: »Na ja, wären wir nicht in dieses Rentner-Paradies gezogen, hättest du zum Beispiel Siggi nicht aus dem Fluss retten können. Vielleicht war das der Sinn?«

»Toll!«

»Ist das nichts?« Mama sieht mich kurz von der Seite an. Dann konzentriert sie sich wieder auf die Fahrbahn. Sie hat ja recht. Dafür hat es sich allemal gelohnt.

Um nicht klein beizugeben, sage ich: »Dann können wir ja jetzt wieder umziehen.«

# ICH SAGE DIR DIE WAHRHEIT

»Eierkuchen sind fertig«, sagt Mama und kommt mit einem großen Teller aus der Küche, auf dem sich die Eierkuchen stapeln. Ich sitze schon hungrig am Esstisch und bevor der Teller überhaupt auf dem Tisch steht, habe ich mir schon eins der Teile geangelt und auf meinen Teller geklatscht.

Mama stellt das Apfelmus vor mich hin: »Guten Appetit, mein Schatz.«

»Danke!« Eierkuchen sind mein Leibgericht! Ich fange sofort an zu essen, als hätte ich seit ungefähr hundertfünfzig Jahren nichts mehr zwischen die Kiemen gekriegt. Gerade als sich meine Mutter mir gegenüber hinsetzt, bleibt ihr überraschter Blick am umgedrehten Bilderrahmen auf der Kommode hängen. Sofort steht sie wieder auf und dreht das Bild richtig herum. Kurz betrachtet sie das Foto, auf dem sie glücklich mit Babybauch und hellblauem Strampelanzug posiert. Dann seufzt Mama und fragt: »Hast du das Bild umgedreht?«

»Jep.«

Ich löffle ordentlich Apfelmus auf meinen zweiten Eierkuchen. Und um Mama nicht anzugucken, konzentriere ich mich anschließend darauf, dass auch wirklich jeder Quadratmillimeter mit Zimt und Zucker bestreut ist.

»Warum?« Mama setzt sich hin, wobei sie mich die ganze Zeit beobachtet, und nimmt sich auch einen Eierkuchen. Ich luge unter meinen Wimpern hervor und sehe, dass ihre Hand dabei leicht zittert.

Ich zucke mit den Schultern. »Keine Ahnung. Weil da der blaue Strampelanzug drauf ist?!« Jetzt gucke ich Mama doch an und lächle möglichst unbekümmert, weil auf diesem blauen Strampelanzug plötzlich so ein Riesenthema lastet.

»Ich verstehe immer noch nicht, was genau du gegen diesen Strampelanzug hast?« Mama lächelt, aber sogar ihre Mundwinkel zittern.

»Ich hab nichts gegen *diesen* Strampelanzug«, sage ich und meine Stimme wackelt auch. »Als ich mir das Bild neulich mal genauer angesehen habe, dachte ich eben nur, dass ihr lieber einen Sohn und keine Tochter haben wolltet.« Ich stecke mir ein großes Stück Eierkuchen in den Mund und kaue konzentriert. Irgendwie ist mir dieses Gespräch peinlich, weil es auch ein bisschen absurd klingt, was ich da von mir gebe.

Dennoch scheint es Mama seltsamerweise zu beunruhigen. Sie schiebt ihren Teller von sich weg und faltet die Hände vor sich auf der Tischplatte. »Lisa.« Sie räuspert sich, sagt dann aber nichts weiter.

Ich gucke hoch und höre auf zu kauen. »Ja?« Mit einem Mal klopft mein Herz wie bescheuert. Aus irgendeinem Grund habe ich das Gefühl, dass Mama mir gleich etwas ganz Schreckliches sagen wird. Ich zittere am ganzen Körper, so kalt ist mir. Dabei scheint die Sonne direkt zu uns herein. Draußen im Garten glitzert unser Goldfischteich. Im Kirschbaum zwitschern die Vögel, darunter steht die Hollywoodschaukel. Aber gleichzeitig scheint alles ganz weit weg zu sein.

»Lisa«, sagt Mama wieder. »Ich muss dir etwas sagen.«

»Was denn?«, quetsche ich hervor.

Meine Mutter sieht mich direkt an. »Papa und ich haben dir nicht die Wahrheit gesagt.«

»Was?«, fiepse ich. Ich verstehe gar nichts mehr. Wollten meine Eltern doch lieber einen Sohn? Mein Magen krampft sich zusammen. Mir ist schlecht. Ich hätte niemals mit dieser ganzen Sache anfangen dürfen!

»Wir haben dir nicht gesagt, wie es wirklich war«, flüstert Mama wieder und über ihre Wangen fließen zwei dicke Tränen.

»Was meinst du denn?« Jetzt weine ich auch fast. »Was?«

»Du weißt, wir lieben dich über alles«, fährt Mama leise fort. »Du bist unser Ein und Alles.«

»Was?«, frage ich nur wieder mit ganz dünner Stimme.

»Es stimmt gar nicht, dass ich als Kind fast entführt wurde«, sagt Mama und guckt mich jetzt ganz fest an.

»Was?«

»Das haben Papa und ich nur gesagt, um dir nicht die ganze schlimme Wahrheit erzählen zu müssen.«

»Welche ganze schlimme Wahrheit denn?« Mir ist so kalt. Ich klammere mich am Saum der frisch gebügelten Tischdecke fest. »Mama! Sag es endlich!«, flehe ich. »Was? Was ist los?!«

»Damals, genau an eurem dritten Geburtstag, wurde dein Zwillingsbruder entführt. Du hattest einen Zwillingsbruder«, wispert meine Mutter, bevor sie richtig losweint und sich mit der Serviette immer wieder übers Gesicht wischt. Sie schluchzt. »Er war so ein lieber kleiner Junge. Er war so süß.« Mama weint und weint und sie sagt immer wieder, wie lieb mein kleiner Bruder war. »So klein und lieb.«

Ich stehe auf und setze mich zu Mama auf den Schoß. Da saß ich schon seit der zweiten Klasse nicht mehr. Mama schlingt ihre Arme um mich und wir halten uns ganz fest. Ihre Tränen fließen an meinem Hals entlang und versickern in meinem T-Shirt, wo auch schon heute Morgen Alices Tränen versickert sind.

»Was ist denn hier los?« Plötzlich steht Papa im Anzug im Wohnzimmer. Er ist ziemlich blass.

»Ich habe es Lisa gesagt«, flüstert Mama mit rauer Stimme. »Ich konnte nicht mehr.«

Papa lässt seine Aktentasche aus der Hand auf den Boden fallen und kommt zu uns. Er umarmt uns ganz fest. Und dann weinen meine Eltern und ich klemme zwischen ihnen. Ich verstehe irgendwie gar nichts. In meinem Kopf rauscht es. Ich versuche wirklich, alles so gut wie möglich zu verstehen. Das Einzige, was ich verstehe, ist, dass ich einen Zwillingsbruder hatte, der an meinem oder unserem dritten Geburtstag entführt wurde.

Als sich meine Eltern wieder beruhigt haben und Papa

und ich jeweils auf einem eigenen Stuhl sitzen, frage ich: »Aber warum habt ihr zu mir gesagt, dass Mama als kleines Mädchen fast entführt wurde?«

»Damit du verstehst, warum wir so auf dich achtgeben«, erklärt Papa. »Weil wir dich vor der Wahrheit beschützen wollten.«

»Wir hatten so eine Angst, dass dich uns auch noch jemand wegnimmt.« Mama sieht mich mit verweinten Augen an. Dann atmet sie tief ein und lächelt sanft. »Der blaue Strampelanzug gehörte deinem kleinen Bruder.«

Mama und Papa halten sich an den Händen und fangen immer wieder an zu schluchzen, als hätten sie sich all den Schmerz über die Jahre verkniffen. Als würden sie sich erst jetzt erlauben, ihre ganze Trauer rauszulassen. Das ganze Wohnzimmer ist voller Traurigkeit und mit einem Mal verstehe ich, warum ich nie alleine irgendwo hindurfte. Warum es keine Fotos von mir als Baby gibt: Weil da mein Bruder immer drauf gewesen wäre, von dem ich ja nichts wissen durfte. Ich frage: »Wo … wo haben sie denn meinen Bruder entführt?«

»Auf dem Spielplatz«, sagt Papa und räuspert sich. »Mama und ich haben euch nur für ein paar Minuten aus den Augen gelassen, als wir für die Geburtstagsgäste Eis geholt haben. Ihr habt da in dem Buddelkasten mit all den anderen Kindern gespielt. Da waren so viele Eltern! Ich hätte nie gedacht …« Papa fängt wieder an zu weinen und Mama nimmt ihn in den Arm.

Sie sagt immer wieder: »Ist schon gut. Ist schon gut.«

Und ich sage: »Ich komme bald wieder.«

Bevor Mama und Papa noch etwas erwidern können, laufe ich zur Haustür, renne raus auf die Straße und immer weiter, Richtung Waisenhaus.

Vielleicht denken Mama und Papa, dass das jetzt alles zu viel für mich war. Dass ich diese Geschichte nicht verkrafte. Aber das ist es nicht. Ich bin voller Glück. Voller Aufregung. Voller Herzschlag. Weil ich mit einem Mal etwas ganz sicher weiß. Ich weiß, dass mein Bruder Lasse heißt.

Ich laufe auf das weiße Herrenhaus zu, das ich von meinem Zimmerfenster so oft beobachtet habe. Als ich mir so sehr gewünscht habe, dass mal irgendetwas Spannendes in meinem Leben passiert. Jetzt ist etwas Spannendes passiert. Etwas so Spannendes, dass es kaum zu glauben ist. Ich renne ums Waisenhaus herum, in den grünen Garten hinein. Die Sonne reflektiert auf den knorrigen Baumstämmen, den Grashalmen, der glitzernden Oberfläche vom See. Überall ist so viel Leben. Die blau schillernden Libellen surren über das Schilf. Knallgelbe Schmetterlinge flattern an mir vorbei. Und dort vorne, auf der Wiese unter den Apfelbäumen, spielen zwei Jungs-Mannschaften gegeneinander Fußball. Die eine Gruppe hat rote, die andere hat blaue Schärpen um. Die Jungs im Tor tragen gelbe T-Shirts. Einer von ihnen ist Lasse. Mein Bruder.

Ich werde langsamer, dann gehe ich feierlich den sandigen Weg am Ententeich entlang, hinüber zur Apfelwiese. Als ich an Lukas' Haus vorbeikomme, tritt der alte Gärtner aus der efeuumwucherten Haustür heraus. So, als hätte er mich schon durch sein winziges Fenster kommen sehen. Wie neulich trägt er sein rot kariertes Hemd und den alten Strohhut. Er winkt und ruft: »He! Lisa! Warte mal!«

Ich grinse verlegen. »Hallo, Lukas!«

»Na! Hast du dich wieder erholt? Du hast meiner Frau und mir ja einen ganz schönen Schrecken eingejagt, als du neulich einfach so umgekippt bist. Hast du nicht gewusst, dass du keine Nüsse essen darfst?«

Ich bleibe vor dem alten Gärtner stehen. »Doch, schon. Ich dachte nur, dass ich die Nuss vielleicht doch vertrage.«

»Verstehe.« Lukas blinzelt freundlich.

Und ich tue das, was ich schon längst hätte machen sollen. »Ich wollte mich nochmal entschuldigen, dass ich behauptet habe, ich bin ein Waisenkind. Keine Ahnung, warum ich das gemacht habe …«

»Überhaupt kein Problem«, lacht Lukas. »Ich habe nur gehört, dass die Krankenschwester dich gar nicht mehr aus der Krankenstation lassen wollte, weil ich ihr natürlich gesagt hatte, dass du eins der Heimkinder bist.«

»Tja, das war ein bisschen blöd.« Ich grinse. »Daraus habe ich gelernt, immer schön bei der Wahrheit zu bleiben.«

»Na, dann war die ganze Geschichte ja zu was gut.« Lukas zwinkert mir zu, zum Zeichen, dass zwischen uns alles in bester Ordnung ist.

»Das kann man wohl sagen«, erkläre ich. »Und zwar voll und ganz.« Ich gucke hinüber zu den Fußball spielenden Jungs. Ich will nicht, dass die abdampfen, bevor ich mir nicht Lasse geschnappt habe.

»Wolltest du den Jungs beim Spielen zugucken?« Lukas macht eine leichte Kopfbewegung Richtung Apfelbaumwiese.

»Jep.« Ich kann es kaum erwarten, mit Lasse zu sprechen und ihm zu verraten, wer ich bin! Seine Schwester! Ist das zu fassen, Leute? Ich habe einen Bruder und ich bin seine Schwester! Ich könnte durchdrehen! Aber ich muss cool bleiben. Immer schön einen Schritt nach dem anderen, damit die Geschichte ihre volle Wirkung entfalten kann.

»Dann begleite ich dich, wenn du nichts dagegen hast«, sagt Lukas und setzt sich mit mir in Bewegung. Bis runter zur Wiese, wo wir uns auf eine Bank setzen. Während Lukas den Jungs beim Rennen und Ballschießen zuguckt und »Lauf! Lauf! Lauf! Lauf! Lauf!« ruft, starre ich Lasse an, der im gelben T-Shirt im Tor von einem Bein aufs andere trippelt. Seine Wangen sind gerötet, seine hellblonden Haare stehen in alle Richtungen ab. Sein Blick ist hoch konzentriert. Das ist *mein* Bruder. Mein entführter Bruder. Mein Zwillingsbruder. Ich seufze glücklich.

Lukas sieht mich von der Seite an. »Nimmt dich das Spiel so mit?«

Ich nicke. »Jep.« Dann seufze ich wieder.

»Für welche Mannschaft bist du?« Lukas lehnt sich zurück und faltet seine alten Hände auf seinem karierten Bauch.

»Kann ich nicht sagen«, flüstere ich. »Für die Roten.«

»Dann hoffen wir mal, dass deine Mannschaft gewinnt.« Lukas verfolgt aufmerksam das Spiel, während ich immer wieder Lasse angucken muss und zu verstehen versuche, dass das *mein* Bruder ist. Dass ich mit diesem Waisenhausjungen zusammen in Mamas Bauch war. Dass wir früher jeden Tag miteinander gespielt haben. Dass wir uns ein Zimmer geteilt haben. Dass wir die gleichen Eltern haben. Dass ich kein Einzelkind bin. Das ist total verrückt!

Und das Krasseste an der Sache ist: Ich bin die Einzige, die davon weiß! Lasse ahnt nicht, dass seine Eltern hier ganz in der Nähe wohnen. Mama und Papa wissen nicht, dass ihr kleiner Junge hier im Tor auf der Apfelwiese von einem Bein aufs andere trippelt. Sie denken, dass sie ihn nie wiedersehen. Lasse denkt, dass seine Eltern ihn in einem Körbchen vor dem Waisenhaus abgestellt haben. Was auch immer er glaubt. Niemand weiß, was ich weiß: dass ich Lasse nach Hause hole.

# WIE KANN MAN SICH DESWEGEN PRÜGELN?

»Kann ich dir was sagen?« Ich räuspere mich und blinzle zu Lukas, der voll ins Fußballspiel der Jungs vertieft ist.

»Aber sicher.« Er guckt mich nicht an, sondern verfolgt die Jungs beim Hin- und Herlaufen.

»Außer mir weiß niemand davon«, erkläre ich und gucke nun auch den Jungs beim Laufen zu. Mein Herz fängt schon wieder heftig an zu klopfen. Ich halte es nicht mehr aus, meine Geschichte für mich zu behalten. Sonst platze ich.

»Aha«, meint Lukas nur. Ich schätze, er will mir das Gefühl geben, dass alles ganz entspannt ist. So macht Mama das auch immer, wenn sie spürt, dass ich ihr etwas Wichtiges erzählen will. Scheint ein beliebter Trick bei Erwachsenen zu sein, um Kindern Stärke und Unerschütterlichkeit zu vermitteln.

»Der da drüben, im Tor, das … das ist mein Zwillingsbruder.«

Plötzlich ist es ganz still. Ganz still. Dann guckt Lukas mich mit seinen hellblauen Augen überrascht an. Aber er sagt nichts. Er guckt mich nur an. Denkt er jetzt, dass ich ihm eine neue Lügengeschichte auftische?

»Ja«, sagt er langsam. »Ja, das sieht man euch an.«

»Wirklich?« Ich lächle erleichtert.

Lukas nimmt seinen Strohhut ab. Bedächtig dreht er ihn in seinen Händen. »Als ich den Jungen zum ersten Mal hier hab Fußball spielen sehen, ist mir gleich aufgefallen, wie ähnlich ihr euch seht. Schon da habe ich gedacht, dass das ziemlich merkwürdig ist.«

»Ja. Bis vor einer halben Stunde wusste ich ja nicht mal, dass ich überhaupt einen Bruder habe«, sage ich. »Das Ganze ist nur rausgekommen, weil ich bei uns im Keller einen blauen Strampelanzug im Altkleidersack gefunden habe.«

Und eigentlich ist alles nur rausgekommen, weil Alice mich gefragt hat, ob ich sicher bin, dass ich ein Mädchen bin. Sonst hätte ich mich gar nicht gefragt, welche Bedeutung der hellblaue Strampelanzug überhaupt hat. Das muss man mal ganz klar so sehen. Ich muss Alice wirklich dankbar sein für ihren gemeinen Spruch. An dieser Sache zeigt sich, dass auch der gemeinste Spruch für etwas gut sein kann. So gesehen war der Spruch von Alice nicht gemein, sondern genial!

»Das heißt, der Typ im Tor weiß noch gar nichts von seinem Glück?« Lukas zieht die Augenbrauen hoch und lächelt.

»Er hat keinen blassen Schimmer«, grinse ich und in mir fühlt sich mit einem Mal alles so feierlich an.

Lukas setzt seinen Hut wieder auf, sodass ein Schatten über sein Gesicht fällt. »Willst du es ihm sofort sagen? Oder was hast du vor?«

»Eigentlich wollte ich es Lasse gleich sagen«, antworte ich

und zwinkere Lukas geheimnisvoll zu. »Aber jetzt ist mit gerade was viel Besseres eingefallen.«

»Und was, wenn ich fragen darf?«

»Am Sonntag wollte Lasse mit Siggi zu uns nach Hause kommen, um mit meinen Eltern Mittag zu essen und einen Film zu gucken. Eigentlich wollte ich die Verabredung aus verschiedenen Gründen absagen. Aber diese Gründe sind jetzt nicht mehr wichtig …«

»Das heißt, Lasse und Siggi werden völlig ahnungslos sein, wenn sie am Sonntag zu euch kommen?«

»Ganz genau. Meine ahnungslosen Eltern werden die Tür aufmachen und – zack! – steht ihr Sohn vor der Tür!«

»Ich schätze, am Sonntag werden einige Leute ziemlich aus den Latschen kippen.« Lukas schüttelt den Kopf. »Das ist wirklich eine dolle Geschichte!«

Ich sage: »Wenn du willst, kannst du gerne mit Miranda dabei sein. Schließlich hätte ich ohne euch – beziehungsweise ohne eure Nuss – niemals meinen Bruder gefunden, von dem ich ja gar nichts wusste.«

»Mit Vergnügen!«, lacht Lukas. »Wir können also sagen: Eine Nuss hat dein Leben ziemlich auf den Kopf gestellt.«

»Oh ja!« Ich springe von der Bank, laufe auf die Apfelwiese zu, wo die Jungs der roten Mannschaft gerade das entscheidende Tor schießen, und mache mehrere Radschläge hintereinander.

Als ich damit fertig bin, ist Lukas von der Bank verschwunden. Nur eine einzelne Nuss liegt auf der Sitzfläche. Als ich sie mir als ewiges Andenken in die Hosentasche gesteckt habe, kommt Lasse auf mich zugerannt. Er ist ziemlich rot im Gesicht und außer Atem.

»Ey, gratulier mir! Unsere Mannschaft hat gewonnen!« Er umarmt mich und ich umarme ihn.

Ich flüstere: »Gratuliere, Lasse! Gratuliere!« Und eigentlich ist meine Umarmung keine Umarmung unter Freunden, sondern eine echte Schwesternumarmung. Und eigentlich will ich meinen Bruder gar nicht wieder loslassen. Ich drücke diesen Jungen eng an mich, als könnte ich so all die verlorenen Jahre zurückholen. Fast hätte ich auch noch gesagt: »Ich hab dich so, so, so lieb!« Aber das lasse ich besser. Für den Moment reicht diese Umarmung. Lasse macht sich eilig los. Wen wundert's? Er weiß ja nichts. Er murmelt: »Alles klar. Das reicht. Offenbar bist du wieder gesund.«

Ich mache schnell einen Schritt zurück und grinse verlegen. »Okay. Cool. Super.«

»Jep.« Lasse guckt mich irgendwie entrückt an und schüttelt dann den Kopf. Als hätte er etwas gespürt.

Im Augenwinkel sehe ich Lukas, der sich am Ende des Weges noch einmal zu mir umdreht und winkt. Ich winke zurück und meine dann zu Lasse: »Also diesen Sonntag um zwölf Uhr, ja?«

»Klingt spitzenmäßig! Wir brauchen nur doch die Bestätigung von deinen Eltern, dass Siggi und …«

»Ja, ich weiß. Die mailt meine Mutter heute noch ans Sekretariat vom Waisenhaus.« Manometer! Mein Bruder ist echt ein Organisationstalent – im Gegensatz zu mir! Meine Eltern werden begeistert sein!

»Cool.« Er kickt mit seinem Turnschuh gegen ein Steinchen auf dem Weg.

Ich gucke auch runter zu einem besonders festlichen Grasbüschel und sage: »Ich freue mich schon.«

»Ich mich auch.«

Dann rutscht mein Blick an seinen Beinen hinauf zu seinem Unterarm und bleibt an der langen roten Narbe hängen. »Was hast du da eigentlich an deinem Arm gemacht?«

Im Reflex legt Lasse gleich seine Hand darauf. So, als wolle er die Narbe verstecken. »Ach, da bin ich letztes Jahr mal aus einem Fenster gesprungen. Leider bin ich direkt auf meinem Arm gelandet, sodass da der Knochen rauskam.«

»Was?« Mich durchläuft so ein kalter Grusel. »Warum bist du denn aus dem Fenster gesprungen?«

Bevor Lasse mir antworten kann, kommen von hinten Siggi und noch ein anderer Junge aus seiner Mannschaft angerannt. Beide rupfen sich im Laufen ihre roten Schärpen runter und hängen sie Lasse um. »Lass dich feiern, weltbester Torwart!« Siggi und der andere Junge heben Lasse an den Beinen hoch und tragen ihn einmal um mich herum. Lasse lacht und ruft: »He! Ihr Spackos! Lasst mich runter!«

Als Lasse wieder steht, grinst mich Siggi an. »Na, *Sugar*! Steht unser Date jetzt für diesen Sonntag?«

»Klar! Bin wieder fit!«

»Was für ein Date?«, fragt der Junge mit den Sommersprossen, der mir als Noris vorgestellt wird.

»Ach, nichts Besonderes. Wir wollen nur ein Eis zusammen essen.« Siggi wirft mir einen eisigen Gangster-Boss-

Blick zu, der wohl heißen soll, dass unsere Verabredung am Sonntag ein Ding zwischen uns bleibt.

»Alles klar.« Dieser Noris scheint ein feines Gespür dafür zu haben, dass ihm etwas verheimlicht wird. Er dreht sich um und geht mit hängendem Kopf zurück zu den anderen Jungs, die jetzt auf der Wiese, im Schatten der Apfelbäume, chillen.

Ich sehe Siggi an. »Warum wolltest du ihm nicht sagen, dass ihr am Sonntag zu mir kommt?«

»Damit er sich nicht selbst einlädt. Ich hab schließlich keine Lust, dass hinterher das halbe Waisenhaus bei euch am Mittagstisch sitzt.«

»Aber er wirkt jetzt irgendwie traurig.«

»Na klar ist er traurig! Er ist ein Waisenkind. Er will auch mal was außer der Reihe erleben. Aber nicht jeder kann so viel Glück haben.« Siggi verschränkt die Arme vor der Brust und sieht mich streng an. Meint er das ernst? Mir tut dieser Noris ziemlich leid. Auf der anderen Seite kann ich wirklich nicht das halbe Waisenhaus mit zu uns nach Hause nehmen. Das ist richtig blöd – jetzt!

»Hey!« Lasse stupst mich an der Schulter an. »Das ist hier so. Alle träumen davon, ganz normale Kinder zu sein, mit Eltern und einem Zuhause.«

»Du auch?«

»Was denkst du denn? Solange ich nicht sicher weiß, ob meine Eltern tot sind oder noch leben, werde ich nicht aufhören zu hoffen.« Lasses Augen glänzen. Und Siggi meint: »Ihr seid alle bekloppte Träumer. Es ist besser, sich damit abzufinden, dass wir alleine auf der Welt sind. Besonders Noris würde es helfen. Guck mal, wie der rumschleicht. Wie so ein dämlicher Trauerkloß.«

»Musst du gerade sagen«, zischt Lasse sauer. »Um ein Haar wärst du im Fluss ertrunken, hätte dich Lisa nicht gerettet! Nur, weil du meintest, du müsstest den dritten Todestag deines Vaters gebührend feiern.«

»Das ist was anderes!« Siggis Augen sprühen wütende Funken.

»Ach ja?« Lasse starrt wütend zurück. »Du quatschst doch den lieben langen Tag von nichts anderem als von deinen toten Eltern.«

»Stimmt überhaupt nicht!«

»Ach nein? Du überlegst die ganze Zeit, was ihr alles machen würdet, wenn sie noch am Leben wären. Dass sie dir einen kleinen Hund kaufen und ihr alle zusammen mit diesem kleinen Hund im Garten spielt. Dass ihr alle zusammen mit diesem kleinen Hund in die Hundeschule geht. Dass ihr alle zusammen mit diesem kleinen Hund in den Urlaub …«

»Halt die Klappe!« Siggi verpasst Lasse einen heftigen Stoß gegen die Brust.

Lasse stolpert überrascht nach hinten und rudert mit den Armen, um das Gleichgewicht zu halten. Dann rennt er plötzlich wieder vor und schubst Siggi mit solcher Kraft, dass er rücklings ins Gras fällt. »Halt du die Klappe! Immerhin hast du nicht wie Noris deine Eltern sterben sehen!«, brüllt Lasse.

»Noris hätte ja nicht hingucken müssen!«, schreit Siggi.

»Ach ja? Er hat sie geliebt! Da dreht man sich nicht weg! Da bleibt man dabei! Bis es zu Ende ist!«

»Noris hat seine Eltern sterben sehen?« Ich gucke kurz rüber zu Noris, der wiederum zu uns rüberguckt. Offenbar hat er alles gehört. Dann gucke ich wieder zu Lasse. Wütend fixiert er Siggi, der sich im Nullkommanichts aufrappelt und jetzt mit gesenktem Kopf auf ihn zustürmt. Er brüllt: »Willst du damit sagen, ich habe meine Eltern nicht geliebt? Bestimmt mehr als du deine Eltern geliebt hast!«

»Woher willst du das denn wissen, wie viel jeder von uns seine Eltern geliebt hat?«, kreischt Lasse und mit einem Mal prügeln sich die beiden. Direkt vor meinen Füßen. Wie so ein Klumpen aus Armen und Beinen kullern sie über die Wiese und versuchen, sich gegenseitig Boxhiebe zu verpassen. Total heftig!

Ich rufe: »Hört sofort auf damit! Hört auf!« Ich habe wirklich große Sorge, dass sie sich schlimm wehtun werden. Aber die beiden hören nicht auf. Bis wieder die zwei Erzieherinnen wie aus dem Nichts hinter den Büschen hervorgerannt kommen und mit vereinten Kräften versuchen, Lasse und Siggi voneinander zu trennen. Die haben sich allerdings so ineinander verknotet, dass das eine ziemlich schwierige Aufgabe ist.

»Aufhören!«, rufen die beiden Erzieherinnen immer wieder. »Sofort aufhören!«

Inzwischen stehen Noris und alle anderen Jungs mit ihren blauen und roten Schärpen um uns herum und fragen: »Was ist denn mit denen los?«

Und weil niemand eine Antwort darauf hat, gucken mit einem Mal alle mich an. Ich wiederum gucke zu den Erzieherinnen, die mittlerweile geschafft haben, Lasse und Siggi voneinander zu trennen. Die mit den langen braunen Haaren meint ganz leicht außer Atem: »Alles klar, Jungs. Das reicht. Es wäre gut wenn ihr euch ganz schnell wieder beruhigt.«

Aber Lasse und Siggi dampfen echt aus allen Löchern. Die sind knallrot im Gesicht und keuchen, als würden sie direkt weiterkämpfen wollen. Was momentan nicht geht, weil je eine Erzieherin Lasse und Siggi am Handgelenk festhalten.

Ich sage vorsichtig: »Es ging darum, wer seine Eltern mehr geliebt hat.«

»Wie kann man sich deswegen prügeln?« Die Erzieherin mit dem blonden Pferdeschwanz guckt die beiden Jungs streng an. Was nichts bringt. Denn anstatt zu antworten, reißt Siggi sich los und will sich wieder auf Lasse stürzen. »Der Vollidiot hat angefangen!«

»Aufhören! Aber sofort!« Die Erzieherin mit dem blonden Pferdeschwanz wirft sich zwischen die Jungs, wobei Lasse aus Versehen ihren Ellenbogen ins Gesicht kriegt.

»Ihr könnt mich alle mal«, schreit er und rennt querfeldein davon.

Ich rufe: »Lasse! Warte!«

Aber er dreht sich nicht um. Er rast einfach weiter. Wie letztes Mal stürmt er direkt aufs Wäldchen zu. Aber dieses Mal renne ich hinterher. So schnell ich kann. Und ich bin ziemlich schnell! Um genau zu sein: die Schnellste aus meiner Klasse!

»Lasse!«, rufe ich noch mal.

Und obwohl mein Bruder echt richtig schnell ist – fast so schnell wie ich, weil er eben mein Bruder ist, hole ich ihn auf dem schmalen Trampelpfad wieder ein, der zum Fluss hinunterführt. Ich packe ihn an seiner roten Schärpe und schnaufe: »Lasse! Bitte bleib stehen.«

»Lass mich los!«, kreischt er und dreht sich wütend und mit knallrotem Gesicht zu mir um.

Aber ich halte ihn an seiner Schärpe fest. »Nein.« Ich gucke ihn fest an.

Er stiert aus schwarzen Augen zurück. »Was willst du eigentlich von mir?«

»Nichts Besonderes«, sage ich so ruhig wie möglich.

»Stehst du auf Waisenkinder, oder was? Stehst du darauf, dir die traurigen Geschichten von uns allen reinzupfeifen?« Lasse schafft es echt nicht, seine Stimme etwas zu dämpfen. Er ist so, so wütend. Oder verletzt. Oder sehr, sehr traurig.

Ich schüttle nur den Kopf. Lasses Augen werden feucht und meine leider auch. Aber ich werde nichts sagen. Bis Sonntag werde ich nichts sagen.

Lasse zischt zwischen seinen Zähnen hindurch: »Los, verschwinde! Hau ab! Zu deiner Mama und deinem Papa und mach dir mit denen einen schönen gemütlichen Abend! Vielleicht grillt ihr ja noch ein paar Würstchen.«

»Lasse …«

Er heult: »Weißt du, wie sich das anfühlt, keine Eltern zu haben? Weißt du, wie es ist, dass dir niemand sagt ›Ich hab dich lieb‹? Weißt du, wie es ist, dir das abends vor dem Einschlafen selber sagen zu müssen, damit es überhaupt jemand zu dir sagt?«

Ich atme tief ein und aus und über meine Wangen kullern nun doch die Tränen. In meinem Hals brennt es. Ich greife mutig nach den Händen meines Bruders und halte sie ganz fest, obwohl er sie wegziehen will. Ich sage mit belegter Stimme: »Ich hab dich lieb, Lasse!«

»Was?«

»Ich hab dich lieb. Mehr, als du dir vorstellen kannst. So, so lieb.«

# ES WÄRE MIR EINE EHRE!

Ich sage mal: Die Veränderungen gehen Schlag auf Schlag. Heute war es in der Schule echt schräg, weil Elias jetzt plötzlich mit Susi zusammen ist. Mir war nicht klar, dass ein Mensch sich so schnell umverlieben kann, von einem Menschen in den anderen. Das habe ich Elias in der kleinen Pause ganz unverblümt gesagt. Wir waren gerade auf dem Weg zum Bio-Raum und Susi war mal kurz auf die Toilette verschwunden. Vor den Vitrinen mit den eingelegten Tierpräparaten bin ich stehen geblieben und habe gemeint: »Elias, erklär mir das!«

Und er ganz harmlos: »Was meinst du?«

Und ich: »Dass du gerade noch in Susanne verliebt warst, jetzt aber mit Susi zusammen bist.«

Elias hat sich seinen Schulrucksack neu geschultert und meinte mit so abgeklärter Stimme: »Das ist doch ganz einfach. Eigentlich war ich schon die ganze Zeit in Susi verliebt. Weil ich aber Angst hatte, ihr meine Liebe zu gestehen, habe ich sie auf Susanne projiziert.«

»Hä? Das ergibt überhaupt keinen Sinn!«

»Oh doch!« Elias hat mich warnend durch seine Brillengläser angesehen. Aber sein Blick hat mich nicht eingeschüchtert.

Ich habe gesagt: »Wieso hast du weniger Hemmungen, einer erwachsenen Frau deine Liebe zu gestehen, als deiner Klassenkameradin?«

»Ist doch sonnenklar! Weil wir zusammen in eine Klasse gehen und das richtig peinlich hätte werden können, wenn Susi mich nicht will und wir uns jeden Tag in der Schule sehen!«

Ich wollte gerade sagen: »Elias, du spinnst!«, als Susi den Gang runtergehüpft kam. Sie hat sich zu uns gesellt und dann sind wir zu dritt den Flur zum Bio-Raum entlanggelatscht und Elias hat ganz selbstbewusst nach Susis Hand gegriffen. Weil ich nichts gesagt habe, kam das wohl so rüber, als hätte ich etwas gegen diese unerwartete Liebe einzuwenden.

Jedenfalls meinte Susi ganz freundlich zu mir: »He, Lisa! Ich weiß, dass Elias und du beste Freunde seid. Ich will mich nicht zwischen euch drängen. Ich hoffe, es ist trotzdem okay für dich, dass Elias und ich jetzt zusammen sind.«

»Klar! Kein Ding!«, habe ich gesagt und mich hinterher erst gefragt, ob das auch so stimmt. Aber dann habe ich gemerkt, dass ich selbst gerade genug um die Ohren habe, mit Alice und dem Tortebacken, meinem neuen – noch – geheimen Zwillingsbruder und meinem tollen Familienzusammenführungs-Plan für Sonntag! Außerdem finde ich Susi nett und ich freue mich, wenn sie glücklich ist.

Und dann ist noch etwas seltsam: Alice ist heute nicht in die Schule gekommen. Ich weiß, es muss nichts bedeuten. Trotzdem beunruhigt es mich. Will sie vielleicht doch nicht wieder mit mir befreundet sein? Möglicherweise kann eine Freundschaft, die zerstört war, nicht wieder einfach repariert werden. Hat Alice sich nur nicht getraut, mir ins Gesicht zu sagen, dass es für immer mit uns vorbei ist? Kann doch sein. Immerhin hat sie sich mir gegenüber ja schon mal so unfair verhalten. Auf der anderen Seite glaube ich das nicht. Ich hätte ihr das doch gestern angemerkt, oder?

Sobald die Schule aus ist, schicke ich Alice eine *WhatsApp* und frage, warum sie heute nicht da ist. Ich meine, wir wollten nachher mit dem Bus ins Shoppingcenter fahren und für die Torten einkaufen. Estelle spreche ich besser nicht darauf an. Auch wenn die bestimmt weiß, warum Alice fehlt. Obwohl sie mit Nana und Linda direkt neben Elias, Susi und mir steht, würdigt sie mich keines Blickes. Ich vermute mal, sie ist nicht so richtig begeistert, dass Alice und ich uns ausgesprochen haben. Was wiederum ein gutes Zeichen für mich ist. Denn das könnte bedeuten, Alice meint es wirklich ernst damit, dass ich wieder ihre beste Freundin bin. Was für Estelle bedeutet, dass sie ihre beste Freundin an mich verliert, so, wie ich Alice damals an Estelle verloren habe. Aber vielleicht können wir ja auch alle miteinander befreundet sein. Ich meine, ich bin ja schließlich auch noch mit ein paar Waisenkindern befreundet.

Als es zur Biostunde klingelt, schließt unser Lehrer, Herr Thiele, die Tür zum Bio-Raum auf. Im Arm hat er heute ein riesiges Bienenmodell aus Plastik. Oh! Ich erinnere mich! Wir nehmen jetzt die ›Honigbiene‹ durch. Ich bin mir nicht mal sicher, ob das Thema überhaupt auf dem Lehrplan steht, oder ob das nur Herrn Thieles Spezialgebiet ist. Er strahlt über das ganze bärtige Gesicht, als er das Bienenmodell wie eine Trophäe vor sich her zum Pult trägt. Als die ganze Klasse hinter den Experimentiertischen sitzt, wirft unser Biolehrer mit Schwung seinen Schlüsselbund in seine offene Tasche, die auf dem Stuhl hinter dem Pult steht – und trifft daneben. Die Nummer bringt Herr Thiele ungelogen jedes Mal. Jedes Mal will er die Stunde mit seinem sportlichen Schlüsselwurf starten und jedes Mal trifft er daneben und muss den Schlüssel wieder vom Boden aufklauben. Und jedes Mal sagt er: »Pardauz! Ich war mir sicher, ich treffe dieses Mal.«

Wir lachen schon gar nicht mehr darüber, weil wir nicht glauben können, dass Herr Thiele es jede Stunde wieder versucht. Einige von uns verdrehen die Augen oder gähnen demonstrativ, um klarzumachen, dass wir echt alle kapiert haben, dass Herr Thiele sich langsam mal ein neues Hobby zulegen sollte. Als der dicke Schlüsselbund endlich in seiner Tasche liegt, läuft er in seinem Anzug den Gang zwischen den Tischen entlang und meint: »Wer kann mir sagen, welches Tier dort auf dem Pult steht?«

Estelle meldet sich und als Herr Thiele sie drannimmt, sagt sie brav: »Eine Honigbiene.«

»Richtig, Estelle. Eine Honigbiene.«

Estelle macht ein erfreutes Gesicht und dann startet Herr Thiele einen halbstündigen Vortrag über die Honigbiene und seine private Bienenzucht. Einige von uns haben ihre Köpfe schon müde auf den Tischen abgelegt und versuchen, wach zu bleiben. Herr Thiele scheint das gar nicht richtig mitzubekommen. Er wedelt mit den Armen, als sei er selbst ein Insekt, und erklärt:

»Die Biene ist das kleinste Nutztier der Welt. Sie bestäubt achtzig Prozent unserer Nutzpflanzen. Achtzig Prozent! Das müsst ihr euch mal auf der Zunge zergehen lassen! Aber nicht nur das! Bienen sind uns Menschen ähnlicher, als wir uns vorstellen können. Diese kleinen Wesen haben Persönlichkeit! Charaktereigenschaften! Manche sind neugierig und mutig, andere vorsichtig und zurückhaltend. Allerdings kann es in einem Bienenstock nur eine Königin geben. Legt zufällig eine Arbeiterin Eier, wird sie augenblicklich von der Königin zerstört!« Herr Thiele mustert uns begeistert. »Ist das nicht fantastisch?«

Estelle meldet sich wieder. »Was genau ist daran fantastisch?«

»Nun ja, dass die Bienen einen eigenen Staat aufbauen, in dem jede Biene ihre ganz bestimmte Aufgabe hat. So, wie im Alten Rom.«

»Aber ist es nicht total ungerecht, wenn nur eine Biene die Königin sein darf?«

»Warum sollte das ungerecht sein?«

»Weil vielleicht auch noch eine andere Biene die Königin sein will?« Ihre Stimme zittert ganz leicht. Als würde sie die Sache mit den Bienen und der Königin irgendwie persönlich nehmen.

»Zwei Königinnen? In einem Staat? Das gibt's nicht mal bei uns Menschen. Es kann nur eine herrschen.« Herr Thiele guckt irritiert. Aber Estelle lässt nicht locker, so, als könnte sie etwas daran ändern, wie Bienen im Bienenstock leben.

»Ja, aber das ist doch gemein! Ich meine, vielleicht sind die beiden Bienen, die beide Königinnen sein wollen, gleich schön. Oder gleich klug. Oder gleich beliebt.«

»Ja? Und?« Herr Thiele versteht nicht ganz, worum es Estelle gerade geht, die irgendwie immer aufgeregter wird. Ihre Wangen sind schon ganz rot und sie wickelt ununterbrochen das Ende ihres aufwendig geflochtenen Zopfes um ihren Zeigefinger. Wir anderen gucken uns ratlos an. Es macht ein bisschen den Eindruck, als würde Estelle gerade nicht mehr ganz Herr ihrer sieben Sinne sein. Sie stottert:

»Also, wenn beide Bienen gleich schön, gleich klug und, ich sage mal, genau die gleichen Interessen haben …« Estelle schluckt und lächelt, während unsere restliche Klasse wieder hellwach ist und den Atem anhält, was sie jetzt gleich sagen wird.

»Ja?«, fragt Herr Thiele wieder und kratzt sich am Kopf. »Was dann?«

»Dann … dann wäre es doch gut, wenn diese beiden Bienen beide Königinnen sein könnten.«

»Ja, aber das geht eben nicht in einem Bienenstaat. Da kann nur eine Biene die Königin sein. Es gibt ja auch nicht zweimal die Queen Elisabeth.«

»Ich weiß«, sagt Estelle und ihre Stimme klingt seltsam rau. So, als müsse sie gleich losweinen. »Das bedeutet ja dann aber, dass die eine Biene, obwohl sie genauso schön und genauso klug ist wie ihre beste Freundin, trotzdem niemanden mehr hat …« Mit einem Mal unterbricht Estelle ihre eigenartige Ansprache und sieht mich an. Ihre Augen sind groß und traurig und vor lauter Aufregung knautscht sie an ihrem Federetui herum.

»Ja, richtig«, sagt Herr Thiele und atmet auf, weil er denkt, dass jetzt dieses seltsame Gespräch vorbei ist. Aber Estelle setzt noch mal mutig an und flüstert: »Ich meine ja nur, dass wir Menschen keine Bienen sind und wir vielleicht gar keine Königin brauchen.«

»Liebe Estelle. Geht es dir nicht gut?« Herr Thiele geht rüber zu Estelle und fasst sie besorgt an der Schulter an. »Soll ich deine Mutter anrufen?«

Estelle schüttelt den Kopf. »Schon gut. Ich hab nur gerade … ich will nur nicht … ich meine …« Sie schluckt und sieht mich immer noch an. Mit einem Mal tut sie mir unheimlich leid, weil ich plötzlich ganz genau weiß, wie sie sich fühlt: Allein. Weil Estelle Angst hat, dass sie jetzt keine Alice als Freundin mehr hat. Weil das wehtut, die beste Freundin zu verlieren. Ich melde mich also und als Herr Thiele endlich mal zu mir guckt, sage ich: »Ich glaube, ihr geht es gerade gar nicht so sehr um die Honigbiene.«

Estelle schluchzt los, zum Zeichen, dass ich recht habe. Und um sie aus dieser ganzen komischen Situation zu befreien, spreche ich es aus: »Estelle, willst du am Samstag mit Alice und mir die Torte backen?«

Sie nickt und piepst: »Ja, gerne.« Dann lächelt sie: »Danke.«

Ich lächle auch. »Es wäre mir eine Ehre!«

Herr Thiele geht zurück zum Pult und sagt müde: »Gut. Dann hätten wir das ja geklärt. Bevor es demnächst zum Unterrichtsende klingelt, kommt doch noch mal alle nach vorne. Wir wollen die uns verbleibenden Minuten nutzen, um uns den Körperaufbau der Biene anzusehen.«

Alle springen von den Plätzen und drängeln nach vorne. Elias und Susi stehen Schulter an Schulter in der ersten Reihe, ich stelle mich schräg dahinter und als Estelle sich neben mich zwängt, stupse ich sie mit der Schulter an und murmle: »Bienen nerven!«

Herr Thiele tut so, als ob er davon nichts mitbekommt, und zerlegt das Bienenmodell in seine Einzelteile. »Das Rote hier ist der Herzschlauch. Das Grüne hier ist der Honigmagen und das Fedrige hier sind die Futtersaftdrüsen.«

Neben mir höre ich, wie Linda in Nanas Ohr fragt: »Hast du verstanden, worum es eben ging?«

# MEERSCHWEINCHENBABYS

»He, Lisa!«, wispert es, als ich mich nach Schulschluss neben so ein Gebüsch am Haupteingang stelle und schnell eine *WhatsApp* an Alice tippe. »Lisa!« Ich drehe mich um, aber ich sehe niemanden.

»Hallo?«

»He, Lisa!«, wispert es wieder und im Gebüsch raschelt es. Unter den Zweigen sehe ich einen Schuh, der mir bekannt vorkommt.

Ich gehe näher heran. »Alice, bist du das?«

»Pst! Mich darf niemand sehen.« Der Schuh verschwindet wieder und ich gehe um den Busch herum, wo Alice in voller Shopping-Montur mit Umhängetasche steht. Sie legt den Finger auf die Lippen, zum Zeichen, dass dies hier eine geheime Mission ist.

Ich flüstere: »Alice, was machst du hier? Ich wollte dir gerade eine *WhatsApp* schreiben, warum du nicht in die Schule gekommen bist. Ich dachte, wir fahren heute Nachmittag ins Shoppingcenter, um Zutaten für die Torten einzukaufen.«

»Ja, machen wir ja auch.« Alice hat ihre Haare ausnahmsweise mal nicht geflochten. Und ihre Nägel sind überraschenderweise auch nicht frisch lackiert, sondern blättern gerade ein bisschen ab. Für ihre Verhältnisse sieht sie fast ein wenig zerzaust aus. Sie fasst mich am Handgelenk und zieht mich zwischen die Büsche. »Los, duck dich.«

Ich gehorche und hocke mich neben Alice, während hinter den Sträuchern eine Horde Schüler aus der Schule Richtung Bushaltestelle strömt. Ich flüstere: »Was soll das?«

»Wie gesagt: Mich darf niemand sehen, weil ich heute offiziell krank bin.«

»Du bist krank? Was hast du? Warum bist du dann hier?«

Wir hocken im Gras, die spitzen Äste der Sträucher piken in unsere Nacken und sofort ist es wieder wie früher. Wie damals, im Kindergarten, wo wir uns dauernd hinter irgendwelchen Sträuchern versteckt haben, um ungestört mit ein paar Eicheln und leeren Schneckenhäusern zu spielen. Ich kann sagen: Hier zu hocken fühlt sich gerade so richtig gut an!

Alice kichert: »Ich bin nicht wirklich krank. Das hat meine Mutter nur zur Schulsekretärin gesagt, weil ich ja heute gefehlt habe.«

»Schon klar. Aber warum hast du gefehlt, wenn du nicht krank bist? Wegen Estelle?«

»Nee. Wieso?«

»Die ist richtig traurig, glaube ich. Im Biounterricht hat sie angefangen zu weinen und …«

»Hä? Im Biounterricht? Wieso?«

»Keine Ahnung! Zuerst ging es um Bienen und dann hat Estelle plötzlich angefangen, wirres Zeug zu reden, das keiner mehr verstanden hat. Ich glaube, sie hat Angst, dass du wegen mir nicht mehr mit ihr befreundet sein willst«

»Verstehe ich nicht.« Alice sieht mich ratlos an.

Und ich mache so eine wegwischende Bewegung, um die Angelegenheit nicht zu vertiefen. Ich sage nur so viel: »Jedenfalls habe ich sie eingeladen, mit uns die Torte zu backen.«

Alice zerknickt ein kleines trockenes Ästchen zwischen ihren Fingern und murmelt: »Danke!«

»Bitte!« Ich gucke Alice an und kann nicht fassen, dass jetzt wieder alles gut zwischen uns ist. Dass ich meine Freundin wiederhabe. Ich sage leise: »Ich habe dich echt vermisst, meine Dame.«

»Ich dich auch, meine Dame!« Alice grinst. Meine Dame – so nennen wir uns schon seit Ewigkeiten. Zum Zeichen, dass wir richtig beste Freundinnen sind.

»Dann wollen wir mal die Zutaten besorgen«, sagt meine allerbeste Freundin und steht vorsichtig auf. Sie linst um den Busch herum: »Die Luft ist rein.«

Ich richte mich auch wieder auf. Tatsächlich sind alle Schüler verschwunden. Der Platz vor der Schule liegt ganz verlassen da. Bevor uns doch noch ein Lehrer entdeckt, laufen Alice und ich schnell quer über die Wiese zum Parkplatz und dann weiter die sonnige Straße hinunter. Weil der Bus gerade weggefahren ist, haben wir genug Zeit, zur Haltestelle am Rathaus zu laufen, um den nächsten Bus zu nehmen.

Ich frage: »Hast du dir schon Gedanken gemacht, was für Torten wir backen wollen?«

»Aber logisch, meine Dame! Irgendwas mit richtig viel weißem Zuckerguss, hübschen kleinen Zuckerrosen und silbernen Zuckerperlen. So in die Richtung …« Alice zieht aus ihrer Umhängetasche eine herausgerissene Seite aus einer Backzeitschrift, die ihre Mama immer liest. Darauf ist ein Foto von einer dreistöckigen Traumhochzeitstorte zu sehen. »Daran orientieren wir uns, würde ich sagen.«

»Äh, ja klar! Warum nicht mal zwischendrin eine Hochzeitstorte backen? Aber wie kriegen wir diese drei Etagen hin?«

»Kein Problem. Wir backen einfach drei verschieden große Bisquitböden, die kleben wir mit ordentlich Erdbeermarmelade zusammen, gießen den Zuckerguss drüber und dann wird dekoriert.«

»Aha.« Unter uns: Alice lebt echt in einer anderen Welt, in der Hochzeitstorten an der Tagesordnung sind. »Und kannst du mir jetzt noch den Grund verraten, warum du heute nicht in der Schule warst?«

»Mein Meerschweinchen hat Babys bekommen.«

»Frieda hat Junge bekommen?«, frage ich und reiße begeistert die Augen auf. »Ist ja krass! Wann? Wie viele?«

»Heute Morgen um halb sechs. Drei Winzlinge. Das Ganze war ziemlich heftig. Meine Mutter und ich mussten die Kleinen sogar mit dem Föhn aufwärmen, weil sie so schwach waren. Und dann habe ich ihnen mit der Pipette so ein bisschen Traubenzuckerwasser gegeben, damit sie überhaupt auf die Beine kommen.«

»Wahnsinn!«

»Ja, und die sind so süß. Sie haben alle so gewelltes Fell mit hellbraunen und weißen Flecken. Voll süß! Da wollte ich heute Vormittag natürlich noch ein bisschen dabeibleiben und gucken.«

»Ist klar.« Wow! Kleine Meerschweinchen. Die sind bestimmt knuffelig.

»Die sind so winzig klein«, quiekt Alice begeistert und zeigt mit den Fingern, wie klein die Meerschweinchenbabys sind. »So winzig! Willst du eins haben?«

»Ich darf doch nicht, wegen meiner Allergie.«

»Scheiße! Stimmt!«

»Aber ich hätte da vielleicht jemanden, der sich sehr darüber freuen würde«, erkläre ich und beschließe in diesem Moment, dass ich Ella eins von den kleinen Meerschweinchen schenken werde.

Das Gute ist, wir haben im Schuppen noch meinen alten Meerschweinchenstall stehen. Den ich für mein Angora-Meerschweinchen zum fünften Geburtstag bekommen habe. Das war, bevor wir wussten, dass ich gegen Tierhaare allergisch bin.

»Sehr gut! Dann komm bald vorbei und such dir das Schweinchen deiner Träume aus.« Alice hakt sich bei mir unter und wir spazieren im prallen Sonnenschein die Straße hinunter, als sei nie etwas zwischen uns vorgefallen.

Als wir zehn Minuten später ganz hinten im Bus sitzen, sage ich: »Du, Alice, ich habe dir doch von dem Waisenhaus-Jungen erzählt, der mit seinem Freund am Sonntag zu uns kommt …«

»Klar. Das sind doch die beiden Typen, für die wir die zweite Torte backen, oder nicht?«

»Exakt.« Ich schlucke. Ich werde Alice jetzt nichts davon erzählen, dass der eine Typ mein Zwillingsbruder ist. Das verschiebe ich auf übermorgen, wenn wir am Samstag zusammen die Hochzeitstorten backen. Jetzt will ich erst einmal was anderes klären.

Ich sage: »Alice …?«

»Ja, meine Dame?« Sie guckt mich gespannt an und nestelt an ihrer kleinen Umhängetasche herum, um ihren Lipgloss mit Erdbeergeschmack rauszuholen.

»Ich habe mal eine Frage.« Ich hole tief Luft und ich weiß nicht, ob das eine gute Idee ist, die ich da habe. Trotzdem will ich meiner jetzt wieder besten Freundin davon erzählen. Vielleicht findet sie meine Idee ja auch gut. Zumindest die alte Alice fände meine Idee spitzenmäßig. Also wage ich den Test: »Wie du weißt, haben ja Waisenkinder keine Eltern mehr …«

»Ja.« Alice malt sich die Lippen nach und packt ihren Lipgloss wieder weg.

»Und einige Kinder aus dem Waisenhaus sind ziemlich traurig darüber, dass sie niemals einfach so in einer ganz normalen Familie am Mittagstisch sitzen und sich von der Mutti bekochen lassen können …«

»Na, klar!« Alice guckt mich mit großen Augen mitfühlend an. »Das stelle ich mir echt richtig furchtbar vor. Ich meine, wer wäre ich ohne meine Mutter, die, wie du weißt, eine leidenschaftliche Köchin ist. Mein Vater sagt immer, dass meine Mutter mit ihren Kochkünsten unsere Familie zusammenhält.«

»Genau das meine ich! Jedenfalls gibt es im Waisenhaus einen Jungen, der besonders traurig darüber ist, dass er nie etwas von einer Mutti gekocht bekommt. Er heißt Noris …« Ich räuspere mich, weil ich selbst gleich wieder traurig werde, wenn ich nur an den armen, sommersprossigen Noris denke, wie er gestern hoffnungsvoll gefragt hat, was wir am Sonntag vorhaben, und Siggi ihn so kalt hat abblitzen lassen.

»Okay. Spuck's aus. Worum geht's?« Alice wackelt mit den Augenbrauen rauf und runter, um ihrer Ungeduld Ausdruck zu verleihen.

»Ich habe mich gefragt, ob er eventuell mal sonntags zu euch zum Mittagessen kommen kann? Vielleicht wenn deine Mama wieder ihre berühmte indische Reispfanne macht?«

»Äh! Fang bloß nicht davon an! Ich kann die indische Reispfanne nicht mehr sehen! Wenn ich nur daran denke, wird mir schlecht! Weißt du, wie oft wir diese indische Reispfanne gegessen haben, nachdem meine Mama diesen indischen Kochkurs belegt hat? Mindestens zweimal die Woche! Sogar mein Vater kann das Zeug nicht mal mehr riechen. Und wie gesagt, er liebt normalerweise alles, was meine Mama kocht.«

»Na gut. Dann kann deine Mutter ja auch irgendwas anderes machen. Hauptsache, das Essen wird im Kreise der Familie verzehrt.«

»Ich denke, diese Aktion kann organisiert werden.« Alice macht ein wohltätiges Gesicht und grinst dann bis über beide Ohren.

»Oh danke! Meine Dame! Danke!« Mir fällt direkt ein Stein vom Herzen. Ein ganz gewaltiger Felsbrocken, weil ich bis eben dieses Bild von Noris nicht mehr aus dem Kopf gekriegt habe, wie er gestern so traurig weggeschlichen ist.

»Danke! Danke! Danke!« Ich umarme Alice und drücke sie fest an mich. »Danke!«

»Dafür wurde ich geboren!« Sie grinst und tätschelt mir die Schulter. »Ist der wenigstens nett, dieser Noris?«

»Er ist sogar richtig nett!«, sage ich. »Du wirst ihn mögen!«

# UND NOCH EINE UMARMUNG

Okay, Leute! Puh! Es ist Sonntag!!! Alice und ich stehen in meinem Zimmer neben dem Schreibtisch, auf dem die beiden herrschaftlichen Hochzeitstorten thronen – die wir gestern gemeinsam mit Estelle bei uns gebacken haben.

Ich wusste gar nicht, wie witzig Estelle eigentlich drauf ist. Wenn man die lässt, reißt die einen Witz nach dem anderen. Weswegen wir teilweise so viel lachen mussten, dass die Torten jetzt nicht gerade wie vom Profi aussehen. Auf die eine Torte haben wir noch so eine Krone aus Goldpapier stellen müssen, um einen Schaden im Zuckerguss zu verdecken. Da, wo Alice sich vor Lachen aus Versehen abgestützt hatte.

Alles andere, was nach Prinzessin aussieht, ist aus meinem Zimmer verschwunden: Keine Vorhänge. Kein pinkfarbener Tüllhimmel über dem Bett. Kein *Lillifee*-Plüscheinhorn. Dafür hat mir Alice zur Feier des Tages ein T-Shirt und einen Rock ausgeliehen. Ich sehe also wie ein original Mädchen aus. Genau wie Alice, die ebenfalls ein T-Shirt und einen Rock anhat.

Wir stehen barfuß, mit lackierten Fußnägeln auf meinem rosa Teppich und halten uns an den Händen. Mein ganzer

Körper ist von Gänsehaut überzogen und ich spüre, wie meine Augen so richtig feucht sind. Ich weiß einfach: Wenn Lasse und Siggi gleich unten vor der Tür stehen, werde ich so was von megamäßig anfangen zu heulen. Ich weiß es einfach.

Ich zittere und klammere mich an Alices Händen fest. »Puh! Alice!«, hauche ich und werde erneut von einer prickeligen Gänsehautwelle überzogen.

Alice grinst und drückt meine Hände. »Du schaffst das, meine Dame!« Auch ihre Augen sind feucht vor Rührung. Sie weiß ja, was hier gleich Welterschütterndes laufen wird.

Ich gucke zu meinem Wecker auf dem Nachttischchen. »Noch drei Minuten. Dann müssten sie unten klingeln.«

Nur noch drei Minuten, bis meine ahnungslosen Eltern unten die Tür aufmachen und ihrem verlorenen Sohn ins Gesicht sehen werden. Nur noch drei Minuten, bis meine Eltern nach neun langen Jahren ihren geliebten Sohn endlich wieder in die Arme schließen werden. Nur noch drei Minuten, dann ist unsere Familie wieder vollständig.

»Nur noch zwei Minuten!«, sagt Alice und guckt ebenfalls rüber zu meinem Wecker auf dem Nachttisch.

»Ich glaub, ich muss mich übergeben«, flüstere ich und tripple aufgeregt von einem Bein aufs andere.

»Quatsch!« Alice drückt noch mal meine Hände. »Versuch, cool zu bleiben.«

»Kann ich nicht!«

Unten im Wohnzimmer höre ich, wie mein ahnungsloser Papa den Mittagstisch deckt. Meine ahnungslose Mama steht noch in der Küche und holt ihren Sonntagsbraten aus dem Ofen. Meine Eltern denken, es kommen zwei ganz normale Jungs zu Besuch. Vielleicht denken sie auch an ganz was anderes. An ihre Arbeit. An den Goldfischteich. An irgendwas. Nur nicht daran, dass ihr Sohn gleich vor der Tür stehen wird. Die Hoffnung haben sie natürlich längst aufgegeben, um überhaupt weitermachen zu können.

Alice und ich stellen uns ans Fenster und sehen hinaus auf den Alte-Leute-Planeten. Niemand ist auf der Straße, weil jetzt alle Mittag essen. Über unsere Siedlung spannt sich der wolkenlose, knallblaue Himmel. Die Baumkronen wiegen sich sacht und lieblich in der Sommerbrise und ich hebe den Blick und sehe über all die flachen Dächer hinüber zum Herrenhaus, das wie eine riesige, weiße Hochzeitstorte auf dem grasbewachsenen Hügel thront.

Erst zwei Wochen ist es her, dass ich hier ganz alleine stand und mir so sehnsüchtig gewünscht habe, dass bitte, bitte endlich mal etwas in meinem Leben passiert. Aber dass ausgerechnet an diesem Tag eine stinknormale Walnuss mein gesamtes Leben auf den Kopf stellen würde, das hätte ich mir niemals vorstellen können.

Ohne meinen Blick vom efeuüberwucherten Waisenhaus zu lösen, sage ich: »Danke, Alice, dass du heute dabei bist!«

»Nichts lieber als das!«, antwortet Alice und guckt auch rüber zum Waisenhaus. »Es war sowieso mal an der Zeit, dass ich dich hier in der ›Walachei‹ besuchen komme.«

Und ich sage: »Ich lebe nicht in der ›Walachei‹.«

Und sie: »Wo auch immer. Jedenfalls *Out of Nowhere.*« Sie grinst. »Das ist englisch.«

Ich grinse: »Ich weiß, my Lady!«

»Lisa! Alice! Kommt runter!«, ruft Papa von unten. »Unsere Gäste sind bestimmt gleich da!«

»Wir kommen!«, rufe ich zurück und kriege vor lauter Aufregung gleich den nächsten Zitteranfall. Gerade als Alice und ich uns umdrehen wollen, sehen wir, wie Lasse und Siggi die Straße hinuntergerannt kommen. Mit großem Abstand folgen ihnen der alte Gärtner Lukas und seine kleine Frau Miranda. Beide mit Spazierstöcken. Wie unsere hundertjährigen Nachbarn schlurfen sie gemächlich die Schattenseite der Straße entlang und ich sehe, wie Lukas und Miranda immer wieder stehen bleiben und sich gegenseitig auf die prächtig blühenden Rosenbüsche in den Vorgärten hinweisen. Sie halten ihre Nasen über die prallen Blüten und bewundern ganz offenbar, wie gepflegt die Gärten in unserer Siedlung sind.

Tja. Lukas und Miranda sind eben auch nicht mehr die Jüngsten. Da interessiert man sich nun mal für Gartenpflege, speziell, wenn man Gärtner aus Leidenschaft ist.

Lasse und Siggi kommen immer näher. Lasse mit einem ordentlichen Vorsprung. Die letzten hundert Meter sprintet er. Wie ein Pfeil schießt er auf unser Haus zu. Siggi hinterher.

Durchs gekippte Fenster hören wir ihn rufen: »Lasse! Warte!«

Wie immer! Ich grinse. Mein Bruder ist nun mal der Schnellste, genau wie ich die Schnellste bin. Was daran liegt, dass wir echte Zwillinge sind!

»Sie sind da!«, hauche ich.

Unten brüllt Siggi: »Ich warne dich, Lasse! Du klingelst erst, wenn ich neben dir auf der Fußmatte stehe!«

»Jep! Dein Bruder ist da!« Alices Augen strahlen. »Danke, dass ich dabei sein darf! Meine Dame! Das bedeutet mir wirklich alles!«

»Mir auch, Alice! Mir auch!« Wir umarmen uns, wie das eben neuerdings so unsere Art ist.

Dann klingelt es und Mama ruft nun auch: »Lisa! Alice! Schnell! Unsere Gäste!«

Alice und ich rennen los. Durch die Tür. Die Treppe hinunter. Immer schneller. Zwei Stufen auf einmal. Mama und Papa gehen schon den Flur runter zur Tür. Gleich macht Mama die Tür auf. Gleich. Gleich. Mama fasst nach der Klinke. Papa dreht sich kurz zu Alice und mir um.

Wir bleiben stehen. Wir beobachten. Wir halten den Atem an. Mama drückt die Klinke herunter. Im Flur ist es dämmrig. Mama zieht die Haustür auf. Ein heller Lichtbalken fällt zu uns herein. Der Lichtbalken wird immer breiter. Mama steht im Licht. Papa steht im Licht. Alice und ich stehen im einfallenden Licht.

Mama stößt einen Schrei aus. Sie macht einen Schritt zurück und tastet nach Papa, der dicht hinter ihr steht. Nun schreit auch Papa. So einen Schrei habe ich noch nie gehört. Als würde sein Herz in tausend Stücke zerspringen.

Mama und Papa klammern sich aneinander fest, so, als würden sie bedroht werden. Mit großen Augen gucken sie zu mir. »Lisa! Was hat das zu bedeuten?«

Ich winke ihnen fröhlich zu. »Ich sage doch, der Junge aus dem Waisenhaus sieht mir ähnlich.«

»Ähnlich? Er sieht aus wie du!«

Dann gucken sie wieder zu Lasse, der noch immer mit Siggi auf der Türschwelle steht. Von hier hinten kann ich nur sein hellblondes Wattehaar in der Sonne strahlen sehen. Und die witzige Haarantenne von Siggi. Der Rest von den beiden Jungs wird von Mama und Papa verdeckt, die sich jetzt langsam wieder voneinander lösen, sodass Lasse und Siggi zu uns hereinkommen können.

Lasse reicht seinen perplexen Eltern die Hand und meint: »Herzlichen Dank für die freundliche Einladung.«

Und Siggi sagt: »Ja! Sehr großzügig.«

Mama und Papa sind sprachlos. Was Lasse und Siggi gar nicht richtig mitkriegen, so glückstrunken sind sie, dass sie heute mal im Kreise einer Familie sein dürfen. Mit breitem Grinsen kommen sie durch den Flur auf mich zu. Die beiden wissen ja noch nicht, was Alice und ich wissen. Lasse hat keinen blassen Schimmer, dass er gerade zu sich nach Hause kommt. Die beiden Jungs latschen direkt auf uns zu. Zuerst umarmen sie mich, dann reichen sie Alice höflich die Hand, als ich sage: »Darf ich vorstellen, das ist meine beste Freundin Alice.«

Und Siggi kann es sich leider nicht verkneifen, sie mit eisigem Gangsterblick zu fragen: »Bist du die, die gesagt hat, dass Lisa aussieht wie ein Junge?«

Alice nickt und strahlt wie blöde. Denn Alice und ich sind bis oben hin mit Feierlichkeit angefüllt.

Siggi schüttelt missbilligend den Kopf und folgt mir mit Lasse ins Wohnzimmer, wo ich sage: »Nehmt Platz.«

Ich zeige auf unser riesiges Sofa, mit den vielen Kissen. Siggi und Lasse lassen sich feierlich auf den Polstern nieder, während Mama und Papa weggetreten im Türrahmen stehen bleiben. Hinter ihnen tauchen nun auch noch Lukas und Miranda auf und nicken freundlich in die Runde: »Die Tür stand offen. Wir hoffen, wir stören nicht?«

Mama und Papa schütteln nur sprachlos die Köpfe. Sie sind wirklich ziemlich blass um die Nasenspitze. Lukas und Miranda nehmen unauffällig am Esstisch Platz. Sie wissen ja, was Mama und Papa und Lasse noch nicht wissen.

Ich erkläre: »Das sind Miranda und Lukas. Von ihnen habe ich die berühmte Walnuss bekommen, wegen der ich auf der Krankenstation vom Waisenhaus gelandet bin.«

Papa macht den Mund auf, weil er irgendetwas sagen will. Aber bevor er dazu kommt, sage ich schnell: »Lasse, meine Eltern sind deine Eltern.«

Es ist ganz still in unserem Wohnzimmer. Lasse guckt mich mit riesigen Augen an. Sein Mund steht offen. Auch Siggis Mund steht offen. »Äh …?«

Mama und Papa starren mich an. Ich lächle. Miranda und Lukas lächeln. Alice lächelt. Weil es ansonsten nichts mehr zu sagen gibt. Dann stürzt sich Mama auf Lasse. Sie schluchzt: »Mein kleiner, lieber Junge!«

Dann stürzt sich Papa auf Lasse. Er schluchzt: »Ich kann … bitte … wirklich … ja?!«

Schon wieder umarmen sich Leute so fest wie nie zuvor

in ihrem Leben. Mama, Papa und mein Bruder Lasse. Meine Eltern und mein Bruder knien auf unserem Wohnzimmerteppich, halten sich fest und weinen. Sie halten sich so fest, als wollten sie sich nie wieder loslassen. Wir anderen sind ganz still und andächtig.

Schließlich gibt mir Alice einen leichten Schubs gegen die Schulter und wispert: »Los! Meine Dame! Geh zu deiner Familie!«

**Hennig von Lange, Alexa:**
Wie eine Nuss mein Leben auf den Kopf stellte
ISBN 978 3 522 18441 0

Gesamtgestaltung: Regina Kehn, Formlabor
Einbandtypografie: Formlabor
Innentypografie: FSM Premedia GmbH & Co. KG
Reproduktion: Medienfabrik GmbH, Stuttgart
Druck und Bindung: GGP Media GmbH, Pößneck

FSC www.fsc.org MIX Papier aus verantwortungsvollen Quellen FSC® C014496